## Coleção Karl May

1. Entre Apaches e Comanches
2. A Vingança de Winnetou
3. Um Plano Diabólico
4. O Castelo Asteca
5. Através do Oeste
6. A Última Batalha
7. A Cabeça do Diabo
8. A Morte do Herói
9. Os Filhos do Assassino
10. A Casa da Morte

# UM PLANO DIABÓLICO

COLEÇÃO KARL MAY

VOL. 3

Tradução
Carolina Andrade

VILLA RICA EDITORAS REUNIDAS LTDA
Belo Horizonte
Rua São Geraldo, 53 - Floresta - Cep. 30150-070 - Tel.: (31) 212-4600
Fax.: (31) 224-5151
Rio de Janeiro
Rua Benjamin Constant, 118 - Glória - Cep. 20241-150 - Tel.: 252-8327

KARL MAY

# UM PLANO DIABÓLICO

VILLA RICA
Belo Horizonte - Rio de Janeiro

2000

Direitos de Propriedade Literária adquiridos pela
VILLA RICA EDITORAS REUNIDAS LTDA
Belo Horizonte - Rio de Janeiro

Impresso no Brasil
*Printed in Brazil*

# ÍNDICE

# O Encontro

## Capítulo Primeiro

Posso assegurar aos meus pacientes leitores que, apesar do meu sangue aventureiro e desta inquietude que sempre me levou a vários cantos da terra, de vez em quando sinto nostalgia da minha querida pátria e, entre uma aventura e outra, regresso a minha "casa", a Alemanha.

E isto foi o que eu fiz depois de ter estado alguns anos na América do Sul. Cheguei pelo formoso porto alemão de Bremem, e hospedei-me no famoso e conhecido Hotel Löhs.

Quando já estava instalado e depois de uma boa ducha, desci ao refeitório e, como sempre fazia, procurei a mesa mais distante e tranqüila para sentar-me. Eu o faço assim por dois motivos: para estar mais tranqüilo, e poder observar, sem contudo ser observado, a toda gente que vem ou vai e que reclama minha atenção por causa desta insaciável curiosidade que sentimos pelos viajantes freqüentes, cujas vidas nos intrigam e nos apaixonam.

Mas naquela ocasião pude ver, pouco depois de sentar-me no refeitório, que quem estava sendo atentamente observado era eu. Na minha frente estava um jovem de uns vinte e cinco a vinte e sete anos, bem vestido, com um ar nobre e olhos repletos de curiosidade pela minha pessoa, e que só se desviavam quando o surpreendia observando-me.

Pensei comigo mesmo que já o havia visto em alguma parte, e que ele recordava-se mais de mim do que eu dele; não obstante, deduzi que se era assim, nossas relações não deveriam ter sido profundas ou duradouras, já que sou bom fisionomista e de outra forma, seu rosto deveria ter deixado uma recordação mesmo que apagada.

Assim é que, sem preocupar-me com o jovem observador, quando terminei a comida, fui sentar-me em uma das mesinhas que havia em frente às janelas do salão, disposto a saborear ali tranqüilamente o meu café. Esse "tranqüilamente" comecei a descartar ao ver que o jovem curioso se aproximava e, inclinando-se com mais boa vontade do que elegância, me disse:

— Perdoe-me cavalheiro, mas não creio ser esta a primeira vez que nos encontramos, não é verdade?

Olhei-o fixamente e, ao não conseguir recordar quem era ele, com um leve encolher de ombros disse:

— Se o senhor assim está dizendo...

Havia-me levantado para responder corretamente à sua saudação, e isto o animou para indicar-me com um gesto que voltasse a sentar-me, fazendo-o ele por sua vez na outra cadeira, que no mesmo instante puxou para próximo da minha mesa. Não havia, pois, outro remédio senão aceitar sua companhia. Ele acrescentou então, mais firmemente:

— Sim, foi nos Estados Unidos, no caminho que conduz de Hamilton a Belmont, no Estado de Nevada. Fazem uns quatro anos. Não se recorda?

Meu silêncio foi acompanhado por um movimento negativo de cabeça e ele prosseguiu, empenhado em fazer despertar minha memória:

— Eu fazia parte de um grupo de mineradores de ouro, e estávamos fugindo de uma horda de índios navajos, depois de nos havermos perdido nas montanhas. Creio que teríamos perecido, não fosse a sorte de termos encontrado a um grande amigo do senhor.

Isto já atraiu minha atenção, e indaguei:

— Um bom amigo meu, cavalheiro?

— Sim senhor, chama-se Winnetou e nos guiou até cruzarmos Sierra Nevada, para entrar na Califórnia. Ao cruzarmos a divisória deste estado, o chefe dos apaches encontrou um grupo de brancos, que se juntou a nós.

O nome de Winnetou trouxe-me recordações tão agradáveis que decidi até sorrir para o meu interlocutor, evocando a hercúlea e atlética figura de meu bom amigo, o grande chefe do todas as tribos apaches. Com ele havia vivido mil aventuras por toda a extensão das bravias terras do Oeste dos Estados Unidos, mas por serem tantas, não conseguia lembrar-me justamente daquela que o jovem falava. Isto pareceu colocá-lo em dúvida, e então ele perguntou-me diretamente:

— Ou acaso o senhor não é amigo de Winnetou? Claro que então vestia-se de maneira muito diferente. Por isto não o reconheci à primeira vista. Mas se o estou incomodando, eu...

— Não, não me incomoda e, já que está sentado, rogo-lhe que aceite meu convite. Não desejaria tomar um café?

— Seria uma honra fazê-lo na companhia de Mão-de-Ferro.

Não havia dúvida que aquele homem me conhecia. O nome de Mão-de-Ferro foi o que durante anos e anos me serviu para percorrer o Oeste americano, não por interesse em ocultar meu verdadeiro nome, mas porque desta forma me "batizaram" os peles-vermelhas, e assim me conheceram todos os outros índios com que tratei.

Mas ali, em Bremem e tão distante dos Estados Unidos, não me pareceu correto alguém chamar-me assim, e por isso pedi prudência ao jovem rapaz:

— Sim, sou Mão-de-Ferro; mas aqui há muitos senhores que não se interessam pelo fato de ter vivido tanto tempo nas pradarias norte-americanas. Assim eu, prefiro que me chame por meu nome verdadeiro.

Trocamos nossos cartões, e no seu pude ler: "Conrado Werner". Não dizia mais nada e quando levantei a vista do cartão imaculadamente branco, vi que meu interlocutor me observava, como se esperasse que seu nome me causasse impacto e surpresa. Mas como sua esperança não se realizou, insistiu, entre desiludido e perplexo:

— Não se recorda do meu nome, senhor?

— Pois, não... Não, e creia-me que sinto muito, senhor Werner.

— Pois digo-lhe que o nome de Conrado Werner é agora muito popular nos Estados Unidos. Mas vejamos se este vai lhe dizer algo: Pil Swamp...

Este nome, Pil Swamp, lembrava-me algo, e então eu disse:

— Pil Swamp? Esse nome não me é estranho, e até creio tê-lo ouvido em alguma circunstância... Trata-se de um pântano, ou de algum lugar, senhor Werner?

— Era um pântano e hoje é um lugar muito conhecido. Sei que o senhor conhece o Oeste como poucos, por isso me surpreendo com sua ignorância.

— Também acho estranho, já que me diz ser este nome tão conhecido. Mas, diga-me uma coisa, desde quando Pil Swamp começou a ser tão famoso?

— Fazem uns dois anos.

— Justamente o tempo em que estive fora dos Estados Unidos. Estou vindo agora da América do Sul.

Seu rosto pareceu iluminar-se ao dizer:

— Alegro-me que seja assim, porque então terei o prazer de colocá-lo a par de algumas coisas. E a primeira é que, aquele jovem desvalido que o senhor não parece recordar, hoje em dia converteu-se num rei do petróleo.

Arregalei os olhos, como se aquela notícia me interessasse muito, dizendo:

— Minhas mais sinceras felicitações, meu amigo!

— Obrigado, mas não pensava ter tanta sorte quando me sentava junto ao fogo, no acampamento, com o senhor, meu grupo de amigos e Winnetou. Pois é justamente ao chefe dos apaches que devo agradecer pela mudança de minha fortuna, pois ele me deu a idéia de sair de Nevada e estabelecer-me na Califórnia. Por causa do seu bom conselho, hoje sou milionário.

— Bom, ao que parece este dinheiro só veio somar-se com o que já tinha!

— Não, nada disso! — exclamou no mesmo instante, rindo. — O senhor não imagina o quão humilde era a minha vida anteriormente. Só conhecendo meu passado o senhor pode calcular o quanto mudei de vida.

Sem dar-me tempo para respirar, anunciou com ar triste e solene:

— Eu nasci em um abrigo, senhor...

O que poderia dizer-lhe? Que aquela história não me interessava? Meu coração mole não me deixou encerrar o assunto bruscamente, como era minha vontade. Assim foi que, armando-me de paciência, acomodei-me melhor na cadeira:

— O melhor a fazer é jogar um véu sobre o passado, esquecer as más recordações. É o que o senhor deveria fazer!

— É inútil. Há coisas que jamais se esquecem.

## Capítulo II

Quando Conrado Werner ofereceu-me em silêncio um aromático charuto cubano, que tirou de uma caixa de ouro, compreendi que não haveria escapatória. Nada disse, e ele tomou o silêncio por interesse, o que o animou a continuar:

— Se me permite, por ser o senhor quem é, lhe abrirei meu coração. De mais a mais, temos algo a nos unir: ambos somos alemães.

— Prossiga, prossiga, Werner! — disse, resignadamente.

— Já lhe disse que nasci em um abrigo, e imagina como seja um estabelecimento destes, sem outra fonte de renda senão a caridade da vizinhança, que também era pobre. Os que estavam abrigados ali tinham que conformar-se com umas batatas cruas e os restos de pão que nos davam. Os mais espertos conseguiam comer um pouco melhor, mas minha mãe, por desgraça, carecia desta qualidade.

— Sua mãe? Ela também vivia no abrigo? — perguntei.

— Sim, nós dois saímos do abrigo para esmolar. Até que me mandaram para a casa de um sapateiro, na qualidade de aprendiz. Era um homem desagradável, e não muito talentoso, e posso assegurar-lhe que nem mesmo a comida melhorou muito com aquele emprego. Mas, sem dúvida para ajudar-me a digerir bem o pouco que me dava, com freqüência me batia. Assim passaram-se dois anos, e eu não aprendi nada; por isso tomei a resolução de escapar para bem longe, onde não pudesse me encontrar. E decidi ir para a América!

— Que loucura! — exclamei, mais para dizer algo.

— Creia-me, estava desesperado e, além disso, que sabia eu então? Na minha pouca idade, pensava que para chegar na América eu só teria que começar a andar e andar sem descanso, com a certeza de que um dia ou outro lá chegaria. Havia escutado histórias de riquezas súbitas nos Estados unidos, e eu...! Eu desejava mais do que ninguém ser rico! Sonhava em regressar anos depois à minha cidade e vingar-me de todos os que tinham me humilhado.

Pensei na amarga infância daquele homem que estava conversando comigo, por isto não lhe disse que este não era um pensamento muito nobre. Não tinha interesse em alongar aquela conversa mais que o necessário, e limitei-me a dizer:

— Bem, então como chegou à América?

— Comecei a esmolar nas cercanias de Magdeburgo. Eram anos de crise e as pessoas nem sempre se apiedavam daquele menino com uma jaqueta esfarrapada e uma calça na qual caberiam dois dele, provavelmente. O gorro era a única peça que estava em melhor condição, mas em seu fundo caíam poucas moedas.

Interrompeu-se, acabrunhado por suas amargas recordações, para depois acrescentar:

— Um dia, não pude mais suportar a fome e o frio, e caí desmaiado sobre um monte de neve na estrada. Resignei-me à minha sorte, morreria ali. Mas aconteceu então uma das passagens mais tristes da minha vida. Quando despertei, dei-me conta de estar em cima de uma carroça, estendido sobre um monte de palha, e coberto com umas mantas de cavalo.

— Quem o recolheu?

— Bom, ouvi a voz pastosa de alguém que havia bebido muito, me perguntando:

"— Acordou, traste? De onde vem? Onde vive?

"— Venho da Saxônia — menti.

" — E vai para onde?

"— Para a América!

"Ele soltou uma gargalhada estridente, dizendo ironicamente:

"— Magnífico! Suponho que saiba nadar muito bem. E o que dizem seus pais sobre esta viagem?

"— Não tenho pai e minha mãe está sempre bêbada.

"— Bem, bem, bem... E você faz o que, menino?

"— Sou aprendiz de sapateiro.

"— Como se chama.

"— Conrado.

"— Está bem, mas escute o que lhe digo: sua situação me dá pena. Tirei você da neve e cuidarei de você, se me prometer duas coisas. Primeiro, obedecer-me em tudo, e segundo, não dizer a ninguém quem é, de onde vem, e nem aonde vai. Combinado?

"— Prometo.

"— Se fizer assim, ficará comigo até que possamos ir para a América. Pode chamar-me de tio a partir de agora, e mete bem isto em sua cabeça: seu avô era irmão de meu pai, e você nasceu em Halfstad. Eu o recolhi porque seus pais morreram e faz três meses que está comigo. Não se esquecerá disso, quando lhe perguntarem algo?

"— Não esquecerei, tio.

"— Hmm, gostei. Não ficará mal comigo. Para começar, pega esta cesta que está aí. Encontrará pão e queijo, pode comer o quanto quiser. E então volte a dormir.

"Que podia fazer? Comi com apetite voraz, terminando com o pão e o queijo. Logo me cobri com a manta e dormi sobre a palha no carro que, durante horas e horas, continuou seu caminho. Até que a voz do homem me fez despertar novamente, ainda embriagado:

"— Nossa, que fome você tinha! E que sono mais pesado também, seu pilantra. Vista-se com estes andrajos que comprei para você quando passamos por uma aldeia. E suba aqui para que me ajude a conduzir a carroça."

Sem sentir, eu havia começado a interessar-me pela narração, e o interrompi:

— Era algum comerciante, este homem?

— Sim, uma espécie de feirante que percorria a comarca e por quem, no principio, tive até um certo carinho. Eu tinha por quem alimentar o cavalo, e também limpá-lo, dormindo junto a ele nas paradas. Mas o tempo foi passando e meu tio não dava mostras de estar interessado em "nossa" viagem à América. Compreendi que havia me enganado e não tive outro remédio senão continuar naquela vida errante, até que a casualidade me levou ao povoado de Otterndorf, que é cidade costeira.

— O senhor seguia com seu sonho de ir para a América?

— Nunca o abandonei! Durante a noite, farto de trabalhar, não pensava em nada além disso. Foi o que me fez decidir abandonar meu tio e fugir até o porto de Bremem.

— Bem, senhor Werner, qual a sensação de estar agora, na mesma Bremem, mas como um milionário?

— Sinto-me plenamente satisfeito, mesmo que isto me desperte as mais tristes recordações.

— Pois então prossiga com sua história.

— Chegando a Bremem, procurei uma taverna freqüentada por marinheiros, buscando uma forma de embarcar; não me resultou difícil, ainda mais que as coisas caminharam de forma completamente diversa da que eu tinha imaginado. Na taverna, vários marinheiros falaram comigo e eu confesso que ali, entre aquela gente rude, experimentei minha primeira bebedeira.

— Santo Deus! Obrigaram o senhor a beber?

— Como se eu fosse um barril, senhor! Eu era muito jovem e pode calcular o efeito que aquilo me causou. Quando me dei conta do que se passava, estava em um cubículo escuro, não muito grande. Sobre minha cabeça rangia algo desconhecido até então para mim, mas debaixo, ouvia rugir a água, destacando-se no meio daqueles rugidos uma voz imperiosa, que não deixava de dar ordens. Tateei a parede de madeira e tive que render-me à evidência. Estava preso naquele cubículo, e não tinha como sair.

Pouco a pouco, ia-me interessando mais e mais pela história do rapaz. Minha profissão real é, além de viajante eterno e incansável, escrever livros. Tudo o que possa ocorrer a um ser humano me interessa e confesso, sem me envergonhar que, em mais de uma ocasião, uma conversa às vezes insípida e sem sentido me havia permitido, mais tarde, situar uma cena em qualquer de minhas narrações. E enquanto Conrado Werner contava sua história, eu fumava tranqüilamente, disposto a interrompê-lo o menos possível.

— Não sei quanto tempo passei trancado ali, até que ouvi o chiado de um ferrolho e diante de mim apareceu um marinheiro, trazendo na mão uma lamparina. Deve ter-se divertido com a minha cara, porque soltou uma horrível gargalhada e ordenou-me:

"— Fora daqui, rato! O capitão quer dar uma olhada em você, para ver em que pode servir! E aceita um conselho de amigo: não lhe responda e fale o melhor que puder, rapaz! Nosso capitão não é uma pessoa fácil!

"Empurraram-me até a proa do navio, onde me esperava o capitão que, juro, não era mesmo uma pessoa fácil. Vestia calças largas, aquele homem de cara feroz, e cobria os cabelos rebeldes com um gorro bem sujo, enfeitado com galões dourados. Trazia também enormes costeletas. Aquele autêntico lobo do mar me agarrou por um braço, sem piedade, fazendo-me dar várias voltas, testou mais de uma vez meus músculos e ossos, e com a expressão de um gato que se dispõe a devorar o ratinho, exclamou:

"— De onde você é, verme?

"A esta pergunta e a todas as outras que me fez, respondi com a verdade, pois confesso que não me atrevi a dizer nenhuma mentira diante de um homem como aquele. Escutou-me sempre muito mal-humorado, dizendo:

"— Pelo visto, é um moleirão! Mas já te farei mudar! Aquele que está vendo ali é o piloto, ao qual deves obedecer. Cada falta de disciplina em meu navio, castiga-se com uma surra. E agora, suma da minha frente, seu porcaria!

"Acreditará em mim se lhe disser que o piloto era ainda pior que o feroz capitão? Navegávamos para as Índias Orientais e, ao chegarmos, o capitão ordenou que descarregássemos umas mercadorias, para embarcarmos outras; mas a mim não me permitiram desembarcar nem falar com as pessoas que subiram à bordo. Dali fomos a Marselha, e a outros portos que não me recordo mais, e por último... América!"

— Ora! Vejo que conseguiu realizar seu sonho.

— Sim, mas somente quando consegui escapar no porto de Nova Iorque. O capitão havia se aborrecido com dois dos marinheiros que levava. Uma noite, lançaram um bote na água, quando seus companheiros dormiam e, diante de meus insistentes pedidos, consentiram em levar-me com eles. A fuga teve êxito e, já como homem livre, pisei em solo americano.

— Bem, já estava em sua tão sonhada América. O que fez então?

— Antes de tudo, colocar uma boa distância entre o navio e a minha pessoa, para que meu capitão não desse comigo e me agarrasse pelas orelhas. Aquela noite, passei correndo como um gamo acossado, até que cheguei a uma construção, e por ali fiquei descansando. No dia seguinte, os pedreiros que levantavam a casa não conseguiram entender-me, porque eu ainda não falava uma só palavra em inglês. Mas, ao menos desta vez, a sorte me acompanhou: tropecei com um deles que também havia nascido na Alemanha, nos arredores de Koenigsberg, conseguindo então que me dessem trabalho. Não preciso dizer-lhe que esforcei-me o máximo possível para viver na mais estrita economia, conseguindo reunir em todo o inverno, uns cem dólares, com os quais pude viajar até a Filadélfia, onde pus-me a trabalhar em meu antigo ofício de sapateiro.

Werner fez uma pausa, recuperando o fôlego, e acrescentou logo:

— Na Filadélfia entrei em uma fábrica que já empregava o sistema de linha de montagem. Cada funcionário tinha que fazer somente um trabalho, sempre o mesmo, como se fosse uma máquina humana. Todo um ano pregando biqueiras, senhor.

— Pouco divertido, é verdade — admiti.

— Mas consegui juntar trezentos dólares, e parti para Chicago, para trabalhar numa fábrica muito parecida com a primeira, mas com a diferença de que ali eu só pregava os saltos.

— Monótono — voltei a comentar, só para dizer algo.

— Por esta época, encontrei-me com um pequeno irlandês que, assim como eu, também estava economizando. Ele conhecia melhor o país e me propôs iniciarmos um comércio ambulante, ofício no qual pensávamos fazer algum dinheiro.

— Ao menos, o senhor já tinha uma experiência deste tipo.

— Assim o disse ao irlandês, e nos dirigimos para o Oeste, cruzamos o Mississipi e com nossos fundos reunidos, compramos gêneros e percorremos as margens do rio Missouri. Não foi nada mal: dois meses mais tarde já havíamos vendido todas as nossas mercadorias, e dobrado o capital inicial. Animamo-nos e por quatro vezes fizemos o mesmo percurso até que, quando menos esperava...

— Seu sócio irlandês desapareceu — interrompi-o.

— Caramba! Como sabe disso?

— São coisas que acontecem. Que fez então? Voltou a pregar biqueiras ou saltos?

— Não, começava a estar farto de ser honrado e ver todo mundo se aproveitando de mim. Trabalhei em muitas coisas, até que um dia, uni-me a um grupo de desesperados como eu, que iam tentar achar ouro.

## Capítulo III

Eu já havia terminado meu charuto e Conrado Werner ofereceu-me outro, que recusei. A pausa que fez, enquanto acendia o seu foi um pouco mais prolongada, e depois das primeiras baforadas de fumo, voltou às suas recordações:

— Passamos muita fome e privações enquanto percorríamos as montanhas. Nenhum de nós era natural do país, e isto nos trazia ainda mais dificuldades. Todos tínhamos vindo da distante Europa, com uma boa carga de humilhações nas costas, mas com sonhos de grandeza e vingança. Nossa inexperiência nos fez tropeçar com os ferozes índios navajos, dos quais nos livramos milagrosamente.

— Tiveram sorte. Os navajos não abandonam uma presa assim facilmente.

— Aquela vez tampouco o fizeram, e nos teriam alcançado, se não houvéssemos tropeçado com seu bom amigo, o apache Winnetou. Foi ele quem nos levou ao lago Mariposa, onde conheci o senhor.

— Volto a pedir-lhe desculpas por não me lembrar de seu rosto. Já se passaram muitos anos e além disso, como o senhor bem disse antes, eram outras circunstâncias, e nós nos trajávamos muito diferentemente então. Mas, o que fez na Califórnia? — animei-o a continuar.

— A indústria não me havia sido favorável, muito menos o comércio. Isso me fez tentar experimentar a agricultura, e empreguei-me como vaqueiro num rancho. Eu já começava a gostar do Oeste, e como trabalhava bem, o patrão me apreciava. Um dia, confiou-me quinhentos dólares para que fizesse compras em Jones City e...

— Continue! — tornei a incentivá-lo.

— Bom, eu levei também o dinheiro que tinha economizado, e fui jogar numa destas casas de jogo clandestinas.

— Compreendo... E perdeu tudo!

Conrado Werner olhou-me um pouco aborrecido, do alto de sua atual postura de milionário rei do petróleo, corrigindo-me:

— Nada disso, senhor! Tive sorte e ganhei muito. Como pôde supor que...?

— Bem, bem, peço desculpas, senhor Werner. Deixemos isso de lado.

Mas eu sabia que estava mentindo, quando prosseguiu:

— Em Jones City tropecei com um ianque, que estava vendendo um terreno na parte superior do rio Federn. Jurou-me por céus e terras que este era o melhor pedaço de terra de toda a Califórnia. Eu já tinha vontade de ser dono de algo na América, e a ambição aumentou ao ouvi-lo: era um simples empregado e podia converterme, com aquele dinheiro, em um fazendeiro. Aquele ianque safado tinha outros amigos, que se esforçaram em assegurar-me que estaria fazendo o melhor negócio do mundo se comprasse aquelas terras.

— Por curiosidade, quanto custava a terra que estavam lhe oferecendo?

— Quatrocentos dólares, pagos em dinheiro.

— Uff! Não lhe parecia suspeito?

— Não, porque antes de soltar um só centavo, informei-me com as autoridades, e era certo que aquele ianque tinha as escrituras desta propriedade. Assim é que dei-lhe o dinheiro e, dentro em pouco, quando fechei o negócio, ele e seus amigos começaram a rir-se de mim, descaradamente.

— Por que?

— Disseram-me que eu havia comprado um pântano.

— Um pântano! — repeti. — Quer dizer, um *swamp*, em inglês. Ah, já vejo que nos aproximamos de um *Oil Swamp* (pântano de petróleo)!

— Isto mesmo... Encontrei-me dono de algo que não

valia nada. Mas me empenhei em ir ver a minha propriedade e me pus a caminho, aceitando a companhia de outro alemão chamado Acherman, estabelecido em São Francisco, onde havia conseguido atingir uma posição confortável. Era comerciante de madeiras e havia comprado, perto da minha pantanosa propriedade, uns bosques, aos quais estava se dirigindo para estabelecer ali uma serraria. Seus filhos, enquanto isso, ficavam em São Francisco, tocando o negócio, prometendo ir encontrá-lo mais tarde.

— E o que lhe disse esse tal Acherman?

— Que haviam me enganado; mas como também era alemão, e em virtude dessa compra, meu vizinho mais próximo, disse que me levaria até minha imprestável propriedade. Pelo caminho, recordo-me que, mais ou menos me disse assim:

"— O senhor é dono de um vale situado em uma depressão, cujo solo é pantanoso e encontra-se rodeado de colinas áridas e improdutivas. Ali só cresce mato.

"Aleguei que a coisa já não tinha mais remédio e que, pelo menos, queria ver meu pântano. Assim é que, quando cheguei diante de minha propriedade, já estava acostumado com a idéia do que me esperava e não me surpreendi vendo as áridas colinas e uma paisagem realmente desoladora. Com efeito, aquilo não era nada mais que um pântano, sem nenhuma vegetação; a vida animal parecia ter fugido daquele lugar triste e eu quis convencer-me, com meus próprios olhos, se toda a terra que tinha comprado era assim.

Voltou a fazer uma pausa, tomou um gole de café, antes de continuar:

— Pedi a Acherman que me acompanhasse e, tomando as maiores precauções, avançamos um atrás do outro, para dar uma volta. O ar que respirávamos ali tinha um odor muito estranho. Meu companheiro foi o primeiro a notar isto, e eu observava que ele adquiria uma expressão estranha. Chegamos a um lugar onde o pântano começou a oferecer um aspecto diferente: o musgo deixava de cobrir sua superfície, como se aquelas águas estivessem envenenadas. O líquido tinha um aspecto gorduroso, e a superfície estava coberta por uma capa de cor entre amarelada e azulada. Logo, Acherman gritou:

"— Fique parado, Werner! Esta terra pode ceder sob seus pés!

— Que afunde e me leve embora! — respondi malhumorado.

"Voltei-me para Acherman, encontrando-o agachado, examinando na palma da mão aquela água gordurosa. E logo, ele levantou-se, dizendo:

"— O senhor é afortunado, senhor Werner! Um favorecido da sorte, realmente!

"— Está debochando de mim também, Acherman? — repliquei, irritado.

"— Nada disso, na superfície destas águas há uma considerável quantidade de petróleo. E digo-lhe que para que esteja saindo assim naturalmente, deve haver uma enorme quantidade dele aqui. Compreende o que isto pode significar?"

— Realmente, senhor Werner, sua riqueza deu-se de uma forma extraordinária! — disse-lhe sorridente.

— Certamente; eu não deixava de gritar, louco de alegria: "Petróleo! Milionário! Petróleo!". Mas meu amigo me lembrou que teria de começar a custosa exploração, e sem os meios, nada conseguiria.

— Estou certo ao pensar que ele propôs sociedade?

— Sim, senhor. Mas devo dizer-lhe que Acherman agiu com honradez extraordinária, sem abusar em nenhum momento das vantagens de sua posição. Foi ele quem organizou todos os trâmites que exigia o desenvolvimento de nosso negócio e logo a fama de nosso rico pântano de petróleo estendeu-se por toda a América do Norte e ainda além. Digo isto porque os grandes capitalistas internacionais interessaram-se em nossa empresa, que tomou proporções colossais. Por isso agora, depois de dois anos, meu nome está na lista dos milionários.

— Sua história é muito interessante, senhor Werner. Posso perguntar-lhe porque deixou seus negócios na América, regressando para a Europa?

— Estou em Bremem tentando localizar minha mãe.

— Ah! Mas... Sua mãe ainda vive?

— Não estou muito certo, mas este é um dos motivos de minha viagem.

— Um dos motivos? Tem o senhor outros?

— Sim: procuro uma esposa. As americanas não me atraem!

— Não diga isto, senhor Werner. Conheço lindas norte-americanas, capazes de fazer qualquer homem feliz.

— De todo jeito, insisto que prefiro uma esposa alemã. E como agora sou um homem muito rico, milionário, posso escolher quem eu quiser.

Não gostei de sua petulância ao dizer aquilo. Como também não gostei de saber que, depois de tantos anos, somente agora ele voltava para procurar sua mãe. Tal coisa demonstrava que Conrado Werner era um homem que havia endurecido, ou pelas dificuldades da vida que levara, ou pela soberba ao chegar, por um golpe de sorte, ao êxito, e tinha os sentimentos embotados. Mas, ainda que não me agradasse aquela faceta que descobri nele, não tinha o direito de julgá-lo, limitando-me a dizer:

— Bem, amigo, já conversamos bastante. Amanhã eu parto para Leipzig...

— Leipzig! Que coincidência! Eu também tenho que ir para esta bonita cidade! O que acha de viajarmos juntos, senhor? Permita-me esta honra.

— Está bem. O prazer será meu em aceitar sua companhia.

Tornamos a apertar as mãos, nos despedimos e aquela noite, pensei por alguns momentos naquele estranho personagem.

# Uma Esposa

## Capítulo Primeiro

Logo notei que meu novo amigo Conrado Werner mostrava um excessivo interesse pela minha pessoa. Durante toda a viagem, me cumulou de atenções e também, para ser sincero, encheu minha cabeça com sua conversa incessante.

Em Leipzig, alojou-se no mais luxuoso hotel, e insistiu para que eu ficasse num dos quartos vizinhos. Tive que recordar-lhe que eu não era o rei do petróleo, nem milionário, e sim um escritor, a quem a paciência e fidelidade dos leitores permitia viver medianamente.

Mas Conrado Werner não rendeu-se a este argumento, e passou a visitar-me constantemente, trazendo-me sempre um presentinho. Isto acabou por colocar-me em guarda contra ele, o que Conrado logo notou, dizendo:

— Não estranhe meu interesse pelo senhor, que é tão bem relacionado, meu amigo — começou a dizer-me. — Eu posso ter muitos milhões, e ser um dos reis do petróleo na América. Mas aqui, em nossa querida Alemanha, quem sou eu? Ninguém conhece Conrado Werner e se tive alguma vez amigos, pode calcular de que classe eram, devido à minha agoniante miséria.

— Em outras palavras, o senhor deseja aproveitar-se dos meus conhecimentos para introduzir-se em círculos que ainda o ignoram, não é assim?

— Mais ou menos, e não creio que este seja um desejo ilícito!

— Realmente, nada tenho a objetar, quando alguém quer conhecer meus amigos, mas não gosto que espere deslumbrá-las com um monte de dinheiro.

Assegurou-me que esta não era sua intenção, mas o fez. Sobretudo no que dizia respeito à família Vogel, da qual será preciso falar um pouco para os meus leitores, para que mais tarde compreendam os resultados disto tudo.

Anos atrás, eu havia conhecido um músico chamado Vogel, que tocava violoncelo admiravelmente. Era um homem muito original, e disse-me ter um filho e uma filha cujas habilidades musicais sobrepunham-se à sua. Chamava a menina de "rouxinol saxão", por conta de sua voz privilegiada; quanto ao filho, todos tinham certeza de que seria um virtuose no violino. Tanto Franz Vogel como sua irmã Maria possuíam talentos extraordinários, e me interessei por ambos. Propus-me a ajudar os dois jovens, e em Dresden falei sobre eles com vários amigos.

Os dois jovens mostravam-se realmente dignos da minha ajuda, e logo Franz Vogel passou a ocupar o lugar de primeiro violino em uma das melhores orquestras da Alemanha, enquanto sua irmã Maria tornou-se ídolo do público que assistia óperas.

Mais tarde, Franz Vogel deixou seu lugar na orquestra, dedicando-se completamente aos estudos, na sua vontade de tornar-se um autêntico virtuose.

Elegante, charmosa, e com uma voz magnífica, Maria Vogel logo viu-se rodeada, ao triunfar, dos mais lindos e elegantes jovens, que desejavam sua mão. Mas vá-se saber o porque, a filha de meu amigo sempre recusava as propostas; a linda cantora parecia viver somente para seu pai e seu irmão.

Eu não deixava de visitar esta família toda vez que regressava de uma das minhas viagens e certa vez, muito confidencialmente, meu velho amigo, que continuava tocando violoncelo, confessou-me:

— Creio que minha filha Maria está apaixonada por você.

Confesso que fiquei confuso e um pouco perplexo. Eu os havia ajudado, através dos meus amigos e relacionamentos sem nenhum interesse, tratando Maria de uma forma quase paternal. Era certo que Maria Vogel era linda, culta, elegante, sensível; mas, de qualquer forma, eu nunca havia sequer pensado em tal possibilidade.

Tornei a ausentar-me, não sei se aquela vez fui para a América do Norte, Oriente ou para a África, mas me recordo que quando terminei minha viagem e fui novamente visitar os Vogel, o pai de Maria nem sequer tocou neste assunto. Os três estavam preocupados, pois suas vidas haviam sofrido um revés. Os antigos protetores de Maria estavam mortos e seu irmão só contava com o dinheiro que ela ganhava para prosseguir os estudos.

E o pior é que o velho violoncelista seguia empenhado em viver com o mesmo luxo e com as mesmas mordomias de quando sua filha ganhava muito dinheiro. A riqueza anterior lhe havia subido à cabeça, e para ele era intolerável ter que voltar a viver com modéstia.

Foi por esta época que os visitei, acompanhado do rei do petróleo, que no instante em que pôs os olhos sobre a bela Maria, encontrou nela a esposa que tanto procurava. Para ele, rude e sem estudos, aquela menina representava o máximo a que ele podia aspirar: bela, elegante, culta e uma cantora de ópera famosa, Maria Vogel cabia às maravilhas em seus planos.

É claro que, interiormente, eu desaprovava aquele casamento que, segundo as palavras do pai de Maria, resultaria vantajosíssimo. Eu já havia percebido a rudeza de Conrado Werner, assim como outras facetas de seu temperamento brusco, que de vez em quando ele não conseguia esconder. Isto não era nenhum mérito de minha parte, pois quando se corre o mundo, e se encontra uma infinidade de tipos, torna-se fácil adivinhar muitas coisas que para a maioria das pessoas, menos observadoras, permanecem ocultas.

Mas falei com Maria e seu pai e, em poucas palavras, coloquei-os ao corrente do que pensava. Conrado Werner tinha escapado de sua pátria há anos, como um desertor qualquer; ele carecia de documentação legal, e de todo o necessário para se acreditar que ele era quem realmente dizia ser.

Não obstante, quatro semanas mais tarde, o casamento aconteceu, e eu o assisti com o coração cheio de tristeza, pensando que, em parte, a culpa me cabia. Jamais deveria ter entrado no jogo de Conrado Werner, e o apresentado às minhas amizades. Nunca deveria ter consentido que aquele homem, como um falcão carregado de ouro, se lançasse sobre a doce Maria, que só ansiava por tirar da pobreza seu pai e seu irmão.

Estes temores cresceram em mim quando, pouco mais de duas horas depois de terem recebido as bênçãos, Conrado Werner estava tão bêbado que... foi necessário deitá-lo! Pouco tempo depois voltou aonde celebrava-se a festa e novamente começou a beber champanhe. Logo sua cabeça estava tão transtornada que não pôde ocultar a ninguém seu verdadeiro modo de ser. Diante de todos começou a fazer uma grosseira ostentação de seus milhões, vangloriou-se do seu princípio de vida miserável e, para demonstrar-nos sua riqueza, derramou torrentes de champanhe por debaixo da mesa, respondendo grosseiramente a todos que tentavam contê-lo.

Eu pude observar como os belos olhos da jovem esposa estavam cheios de lágrimas, observando o homem que havia se convertido em seu esposo. Compreendia o que Maria desejava e, fingindo que brincava com ele, tireilhe a garrafa de champanhe das mãos. Conrado saltou sobre mim como um chacal ferido e, com outra garrafa que conseguiu agarrar, me golpeou com ódio na cabeça.

Quando consegui reerguer-me, estive a ponto de dar o troco àquele estúpido; mas uma vez mais os olhos de Maria me pediram para retirar-me, e assim o fiz, com a esperança de que no dia seguinte ele iria desculpar-se. Não o fez, mas sim escreveu um carta, dizendo-me que antes de partir para América, não queria perder a oportunidade de dizer o quanto lamentava ter-me encontrado na Alemanha. Informava-me também que estava a par da minha opinião a respeito do casamento, e que sua mulher não iria despedir-se de mim porque ele, dono e senhor dela, não queria que voltasse a enamorar-se de mim como tempos atrás havia estado.

Desejei-lhes boa sorte, apesar de tudo, e queimei aquela carta, cheia de alusões estúpidas sobre Maria e eu.

## Capítulo II

Esquecido todos estes incidentes, muito tempo depois voltei novamente aos Estados Unidos, partindo de São Francisco e chegando ao México, onde vivi várias aventuras na qualidade de correspondente de um jornal.

Permaneci algum tempo naquele país e, pouco depois, parti com Winnetou, atravessando a planície até Novo México e Arizona, onde acompanhei meu amigo apache nas caçadas, e em visitas a algumas tribos amigas. Não sei exatamente quanto tempo gastei para realizar tudo isto, mas me recordo que tornamos a entrar na Califórnia, para nos encaminharmos a São Francisco. Winnetou queria trocar por dinheiro as pepitas de ouro que tinha retirado de seu tesouro secreto, porque tinha necessidade de adquirir algumas coisas.

A troca deu-se sem nenhum acidente, e nos divertimos dando alguns passeios pela cidade grande, sempre tão animada e repleta de gente de todos os lugares do mundo. Recordo perfeitamente que estava vestido como mexicano e Winnetou as roupas que usava normalmente, com seus correspondentes detalhes de chefe dos peles-vermelhas; e torno a repetir que São Francisco é a cidade onde mais contrastes acontecem, sem que ninguém lhes preste a menor atenção.

Estávamos passeando, quando vi três pessoas detendo-se, parecendo me reconhecer. Primeiro acreditei serem estrangeiros, que poderiam estar surpreendidos pela imponente figura de Winnetou, mas ao virem ao nosso encontro, escutei um deles dizer, em alemão:

— Ora! Mas se não é o nosso amigo escritor!

Voltei-me para o cavalheiro, que estava em companhia de duas senhoras. Uma delas cobria seu rosto com um véu, e não conseguia divisar suas feições. A outra mulher luzia em um traje magnífico, e seu rosto era-me completamente desconhecido. O mesmo já não podia dizer do homem, que vestia-se como um perfeito ianque, mas que reconheci no mesmo instante como o senhor Vogel, pai de Maria e Franz.

Pedi a Winnetou que me esperasse, e fui cumprimentar o velho violoncelista.

— Senhor Vogel! Está parecendo um ianque!

Meu comentário o agradou, e o vi engalanar-se o mais que podia em sua exígua estatura, enquanto batia no peito e dizia, com ares auto-suficientes:

— Não só estamos parecendo ianques, meu amigo, mas também estamos milionários!

Nada respondi, olhando-o entre divertido e contente por revê-lo, enquanto ele me informava:

— É como lhe digo: verdadeiramente milionários. Mas... Porque não cumprimenta minha esposa e minha filha? Não posso crer que tenha se esquecido de Maria!

Fiquei algo perplexo ao ver que a dama que levava o véu retirava-o, mostrando-me o rosto. Maria estava mais linda do que anos atrás, ainda que pudesse divisar a

tristeza em seus olhos grandes e expressivos. Quanto à outra jovem, pelo visto o senhor Vogel havia tornado a se casar, quando a sorte sorriu-lhe novamente.

Apertei a mão de Maria, e saudei a senhora com uma ligeira inclinação de cabeça, escutando novamente a voz de seu esposo, indagando jovialmente, e com certa petulância:

— E o senhor? O que está fazendo na América?

— Seguindo um antigo costume, senhor Vogel. Já sabe o quanto eu gosto de viajar.

— Faz muito bem, meu amigo; quem viaja, aprende, é o que dizem. Isso estou aprendendo agora, por experiência; aqui mudei de vida totalmente. Agora vivemos do bom e do melhor. Quero que veja onde moramos. Estou certo de que o senhor nunca viu nada igual!

— Eu sinto, mas já tenho compromisso. Isso sem contar que, como já puderam ver, não estou sozinho.

O pai de Maria, em seu novo papel de milionário, colocou as mãos na lapela de seu casaco e disse, impertinentemente:

— Refere-se a este pobre índio que está a seu lado?

— Este "pobre" índio, senhor Vogel... chama-se Winnetou, e é o grande chefe de todas as tribos apaches.

Os olhos de Maria indicaram-me haver ela compreendido minha impaciência com a petulância de seu pai, e ela intercedeu com voz suplicante:

— Rogo que perdoe papai. E quanto a seu amigo, considere-o convidado também. Podem vir os dois descansar em nossa casa.

— Parece-me que se esquece de algo, Maria: seu esposo não se despediu de mim de uma forma muito amigável.

— Agora será diferente. Isto para Conrado já é passado. Tenho certeza que se sentirá ofendido se não aceitarem nosso convite.

— Está bem, iremos com vocês. Espere que irei informar os novos planos ao meu amigo.

— Diga-lhe também para não se preocupar — tornou a intervir o senhor Vogel. — Compreendemos os selvagens, e sabemos o que podemos esperar deles. Só há um inconveniente: cinco pessoas não cabem em nossa carruagem. Eu e minha esposa pegaremos uma carruagem de aluguel.

Felizmente para ele, Winnetou não havia compreendido suas palavras, já que havíamos conversado em alemão. Mas eu sabia que a agudeza de espírito de meu amigo apache dava-lhe conta da atitude ridícula daquele velho, deslumbrado com sua posição de milionário. Ofereci o braço a Maria e Winnetou nos acompanhou, dirigindo-nos para a casa de Conrado Werner com quem certamente, eu não tinha a menor vontade de conversar.

Um pouco adiante, na porta do parque Wodward´s Garden, de São Francisco, uma luxuosa carruagem nos esperava, com magníficos cavalos atrelados, dignos realmente de um milionário.

Não podíamos nos esquecer que estávamos acompanhando a esposa do rei do petróleo...

* * *

Minutos depois, não estranhei que a residência dos Werner se assemelhasse mais a um palácio do que a uma casa.

Mas, porque Conrado Werner não morava nas montanhas, perto de seus poços de petróleo?

Maria subiu as escadas que conduziam ao amplo vestíbulo; abriu a porta um formal mordomo, que devia ter ouvido o barulho da carruagem, pois nem precisamos tocar a campainha. Entramos então em um pequeno aposento, ricamente adornado com telas e almofadões. E tão logo a dona da casa deixou-se cair sobre um cômodo divã, todo o aposento começou a subir lentamente.

Era um elevador, movido a vapor!

Estou certo de que qualquer outro pele-vermelha teria lançado uma exclamação ou um grito selvagem, porém Winnetou permaneceu silencioso e impassível, não movendo um só músculo de seu rosto, como se subir assim fosse a coisa mais natural do mundo.

No segundo andar estava o salão, e logo vi que não se havia economizado dinheiro em sua decoração. Quando saímos do elevador, Maria pareceu recobrar sua vivaz personalidade, e estendendo as mãos para o índio e para mim, disse com seu tom de voz mais sincero e afetuoso:

— Os senhores sintam-se em casa, e podem dispor de tudo o que temos. Precisam ficar aqui alguns dias, ou mesmo semanas. Têm que me prometer isto!

Eu sabia eu não seria possível atendê-la, por causa do procedimento anterior de seu marido, e o caráter que tinha o rei do petróleo. Por isso, tentei desculparme dizendo:

— Isso seria uma honra, senhora Werner, mas temos assuntos urgentes que exigem nossa partida amanhã mesmo.

— Nada de desculpas, eu lhe peço. E se meu esposo é a causa desta desculpa, vou lhe mostrar que o dono desta casa terá o maior prazer em tê-los como convidados. Se me derem licença, irei buscar Conrado em seu escritório.

Quando Maria retirou-se, e por haver conversado em alemão comigo, Winnetou tampouco havia compreendido suas palavras. Mas ao ficarmos sós, ele disse:

— Esta mulher é uma das mais belas que Winnetou já viu em toda a sua vida. Diga-me, irmão Mão-de-Ferro, ela já tem esposo?

— Sim, meu caro amigo, e sua fortuna é tão grande quanto seu mau-gênio.

Pouco depois Maria retornava, e seu lindo rosto expressava clara contrariedade, ao anunciar-nos:

— Conrado não está em seu escritório. Não sei se os negócios permitirão que ele regresse logo. São coisas tão complicadas que acabam por tomar-lhe várias horas do dia; seu sócio deixa tudo cair sobre os ombros de meu marido!

— Refere-se a Acherman, senhora Werner? — perguntei, recordando o que havia me contado o próprio Conrado Werner, tempos atrás.

— Acherman? Não, não me refiro a este, que há muito tempo não é mais sócio de Conrado. O atual sócio de meu marido chama-se Potter e não é alemão, mas ianque. Conrado é o principal acionista do Banco Agrícola e Comercial.

— Não tinha a menor idéia disso, Maria. Disse Banco Agrícola e Comercial? E o que aconteceu com o pântano, cheio de petróleo?

— Já não nos pertence; nos separamos do grupo de Acherman.

— Por que?

— Cansamos de viver naquele deserto horrível. Conrado quis que vivêssemos na cidade. Foi pouco depois de conhecer Potter, que é um homem de negócios excelente mas, como já lhe disse, deixa tudo sobre as costas do meu marido. Conrado cedeu seus direitos sobre o petróleo do pântano pela quantia de três milhões de dólares: com esse dinheiro montou o Banco Agrícola e Comercial.

— E quanto Potter investiu de capital neste negócio?

— Potter não investiu nada. Conrado entrou com o capital, e seu sócio com os conhecimentos. Já sabe que meu marido não tinha nenhum estudo. Mas aí chegam meus pais.

O elevador nos trouxe o velho e sua nova esposa.

— Aqui estamos! — exclamou jovialmente o pai de Maria. — Que lhe parece nossa “choça”?

— É uma casa realmente excepcional, senhor Vogel — opinei eu, sabendo que era isto que o velho esperava.

— Excepcional? É digna de um rei, meu caro! Asseguro que eu jamais havia sonhado em viver num lugar assim. Nem quando minha filha era a mais famosa cantora de ópera do mundo! E vocês são nossos convidados por quanto tempo desejarem!

— Temo que estes senhores não possam nos dar o prazer de suas companhias por muito tempo, papai — atalhou Maria. — Estão empenhados em nos abandonar logo.

— Como? O que estou ouvindo? Falaremos disso depois; agora, vamos comer. Na mesa, Conrado saberá convencê-los a serem nossos hóspedes durante algumas semanas.

Winnetou e eu cedemos diante de tanto entusiasmo, e deixamos que nos levassem a um outro salão, que não ficava nada a dever ao luxo e fausto dos demais aposentos daquele palácio, onde o ouro abundava por todos os lados. Ofereceram-nos charutos cubanos e Winnetou o aceitou também, como se fosse para ele comum fumar tão diferente "cachimbo". Não pude deixar de recordar a imagem de Winnetou fumando o *calumet* da paz diante do fogo, em qualquer acampamento, nas reuniões com outros chefes índios, que tantas vezes eu já havia presenciado nas pradarias daquele imenso país.

O velho Vogel continuava com seu entusiasmo, e depois das primeiras baforadas do fumo azul de seu charuto, inesperadamente nos perguntou:

— Gostaram? Pois isto é o que fumo agora, diariamente. O que vocês acham do meu genro?

— Winnetou só se recorda dele como um pobre diabo perseguido pelos navajos, que desejavam tirar-lhe o escalpo. E quanto a mim, também não posso opinar sobre seu genro, pois não o conheço.

— Como? Eu achava que ele era um bom amigo seu, e por isso nos apresentou na Alemanha.

— Eu o fiz, mas só o conhecia superficialmente. Desde então nunca mais o vi, e nada mais sei dele.

— Não trocaram correspondência vez ou outra?

— Não tínhamos motivo para fazê-lo.

— Bom... sei que se põe algo nervoso quando se pronuncia seu nome nesta casa. Mas só quando bebe.

— Continua bebendo?

Vogel adotou um ar confidencial, ao admitir-me:

— Normalmente o faz desde que se levanta, até deitar-se. Meu genro gosta de virar o copo.

— E o que diz disso sua filha?

— Bom... Maria nada pode fazer para evitar. Antes não era assim. No pântano vivíamos de outro modo. Mas desde que chegamos à cidade, e ele fundou esta sociedade com Potter... Isso não quer dizer que não apreciemos o sócio de Conrado: ele fez com que nossa forma de viver se tornasse mais distinta. E é um amigo incondicional de minha filha!

— Já a escutei queixar-se do excessivo trabalho que cai sobre seu marido — eu disse.

Nem Maria nem a nova esposa do velho estavam conosco no salão onde fumávamos, e com toda a franqueza Vogel exclamou:

— Bobagens! Não acredite nisto; isto é o que Maria pensa, mas todo o peso do negócio recai sobre Potter. É ele quem leva a sociedade e Conrado limita-se a assinar os documentos. É membro de todos os clubes da cidade e freqüenta todos os círculos elegantes, onde se bebe do melhor e joga-se alto. E eu o digo: já que é milionário, ele faz bem. Seria um asno se não aproveitasse o mais possível!

Vogel misturava constantemente em sua conversa seus milhões, ou melhor, a fortuna de seu genro. Aquele velho não parecia estar muito certo da cabeça, e não se dava conta de que, da sua conversa superficial eu podia dar-me conta da forma que Conrado Werner tocava seus negócios. Também podia perceber as conseqüências da forma de vida que a família levava, vivendo naquela luxuosa casa. Pelo visto, o casal só havia vivido junto durante o tempo em que haviam estado junto ao pântano e os poços de petróleo, o que me fez perguntar: amava Maria a seu esposo, sempre bêbado, de manhã até a noite?

Não podia julgar isto, ainda mais que ela se esforçava por aparentar que era apaixonada por ele. E se desde que Conrado Werner havia se unido em sociedade com Potter, as coisas tinham mudado radicalmente, minha opinião era de que o funesto ianque aspirava a fortuna de Werner, que parecia ter depositado nele toda sua confiança, e da qual Potter parecia estar abusando.

Meus pensamentos foram interrompidos com a chegada de Maria, anunciando que podíamos ir para a mesa. Não havia enviado nenhum dos muitos criados para fazer-nos o convite, dando assim mostras de maior delicadeza e familiaridade. A comida era simples, e pareceume que a jovem dona da casa, pela primeira vez depois de muito tempo, conversava, sorria e encontrava-se à vontade. Ao terminarmos, passamos para a sala de música e, depois de alguns acordes de piano a guisa de introdução, Maria entoou uma bonita balada alemã com sua voz maravilhosa.

De costas para a porta do salão, eu escutava a música, deleitando-me, sem perder uma só nota. Winnetou estava sentado a minha frente, e escutava contendo a respiração, realmente satisfeito. Sem dúvida, não era capaz de compreender a letra da canção alemã, mas seu rosto me indicava que estava gostando, e também da voz maravilhosa da bela cantora.

Subitamente, o rosto de meu amigo apache mudou de expressão e seus olhos chisparam, fazendo ele um movimento como se fosse levantar-se da cadeira. Virei-me rapidamente, vendo parados na porta dois homens: Conrado Werner e seu sócio Potter, como fiquei sabendo mais tarde.

Potter era um jovem de aspecto agradável, com um rosto que expressava curiosidade e inteligência. Os olhos avermelhados de Conrado Werner estavam fixos em mim, enquanto seu corpo cansado parecia balançar de um lado para outro. Com uma só olhada, percebi que estava bêbado.

Mantive seu olhar desafiador, e o vi aproximar-se cambaleante, enquanto gritava furioso:

— O que este canalha, que quis separar-me de minha esposa, está fazendo em minha casa? Recebe-o em minha ausência, e canta canções românticas para ele, verdade? Isto é uma ofensa! Ajude-me, Potter... Vamos quebrar os ossos deste traidor!

Vi Potter avançar para cumprir o desejo de seu sócio, e levantei-me no ato, preparando-me para a defesa. Mas Maria correu até seu marido, e plantou-se diante dele, gritando energicamente:

— Nem um passo mais! Não só ofende a ele e a mim, mas também a si mesmo!

— Fora, Maria! — rugiu Conrado, fora de si. — Tenho que falar com este canalha que quis impedir nosso casamento! E logo quem ouvirá é você.

Agarrou-a brutalmente pelo braço, mas soltou-a rapidamente. E assim o fez porque, naquele instante, Winnetou colocou-se na sua frente, com toda a imponência de sua figura, fazendo retroceder não só o dono da casa, mas como seu sócio também.

O chefe dos apaches não sabia falar alemão, mas disse em seu inglês perfeito:

— Qual de vocês é o dono da casa?

— Eu! — respondeu altivamente Conrado Werner. — E posso fazer que coloquem um índio imundo para fora de minha casa debaixo de chicotadas.

— Pois tente! Devia ter deixado que os navajos arrancassem o seu escalpo!

— Mil diabos! Mas... é... é... Winnetou! Winnetou!

— Eu mesmo! Agora vejo que me reconhece. E se sabe quem sou, saberá como me comporto quando me irritam. O acaso fez com que meu irmão Mão-de-Ferro e eu encontrássemos sua esposa; ela nos convidou e nós aceitamos, honrando-o com nossa presença. E não é ofensa para um marido que sua esposa cante para os convidados.

— Mas esse homem é...

— Cale-se, enquanto Winnetou falar! Vangloria-se de seus milhões e de seu poder. Sabe que o chefe dos grandes apaches poderia ser dez vezes mais rico que você se assim o desejasse? Meu poder é o mesmo aqui, nas grandes cidades, que nas pradarias. Mando em mais territórios do que você possa percorrer em todo um mês a cavalo. E se quiser castigar sua esposa, se atrever-se a isto, terá antes que enfrentar-me! Howgh!

Quando Winnetou soltava aquela exclamação, resultava terminal. Ninguém nunca havia ousado replicar-lhe.

Eu o vi sacar uma moeda de ouro da sua bolsa de couro e lançá-la aos pés do aturdido dono da casa, que deve ter escutado o que Winnetou dizia, por entre as brumas da bebida que obscureciam sua mente:

— Aqui está o dobro do preço do que comemos. Mão-de-Ferro e Winnetou não querem aceitar nenhum presente seu. Pode guardar o troco!

A atitude do apache era tão feroz que Conrado Werner não se atreveu a dizer nem uma só palavra. Seu aspecto lembrava o de um menino de escola, a quem o professor acaba de impor um severo castigo. Achei que Potter mostrava-se contrariado, mas não era assim, pois no fundo alegrava-se com a humilhação imposta a seu sócio. Aproximei-me dele, dizendo calmamente:

— Já ouviu meu nome alguma vez, amigo?

— Pois... sim... sim.

— Bem, pois se sabe quem sou, não volte nunca a tentar aproximar-se de Mão-de-Ferro, para quebrar-lhe os ossos. Entendeu? Poderia sair pior do que agora!

— Mas Conrado me disse que...

— Silêncio! Não importa o que este bêbado lhe disse. Vou lhe dizer uma coisa, que possivelmente o surpreenderá. Compreendi quais são seus desígnios nesta casa, amigo. Ele pouco me importa, mas ela sim, porque em outros tempos fui um bom amigo dos Vogel. Dentro em pouco regressarei, para saber se portou-se decentemente, como homem e como sócio. E não espere que para puni-lo, use estes procedimentos burocráticos dos quais está habituado a rir-se. Mão-de-Ferro se utiliza da dura lei das pradarias.

Cruzando meu olhar com Winnetou, indiquei-lhe que devíamos nos retirar, e saímos daquela casa sem pronunciarmos nem mais uma só palavra.

Maria e seu pai saberiam compreender porque não empregamos mais tempo em nos despedirmos corretamente deles.

# Um Índio em Dresden

## Capítulo Primeiro

No outro dia, Winnetou e eu saímos de São Francisco e três meses depois de deixá-lo em Hole in Rack, despedíamo-nos para uma separação que deveria durar três longos anos.

Eu tinha que regressar à Europa para resolver certos problemas com um dos meus editores, que estava disposto a lançar no mercado mundial meus últimos livros. Permaneci em minha casa da Alemanha algumas semanas e depois de solucionar tudo o que tinha pendente, resolvi viajar para o distante Oriente. Dando voltas por aqueles países e colhendo curiosidades para os meus livros, permaneci por ali uns vinte meses, desejando um descanso ao regressar, e dando-me conta, entre outras coisas, que estava me descuidando de meus amigos e minha família.

Eu visitava uma vez por semana uma sociedade musical da qual havia me tornado membro honorífico, e tive que cuidar da organização de um concerto para fins beneficentes. Estava cuidando disto quando, inesperadamente, entrou um dos empregados do local, anunciando-me:

— Desejam vê-lo, senhor. São dois... Bom, um cavalheiro e outro homem.

— Quem são?

— Não os conheço, senhor; um deles é um jovem de

aspecto muito distinto, mas o outro é... é um homem muito forte e muito alto, com um tom de pele muito diferente.

Começava a pensar quem poderia ser aquele visitante de "tom de pele muito diferente", quando ainda na porta, uma voz amiga, muito conhecida, chamou-me:

— Charlie!

Levantei-me de um salto, porque aquela era uma forma carinhosa de chamar-me, que poucas vezes meu caro amigo Winnetou empregava. Não podia nem sonhar que o chefe de todas as tribos apaches estivesse ali, na Alemanha, tão longe de suas verdes pradarias, mas não havia mesmo engano.

Corri para ele com os braços abertos, para grande confusão de meus distintos amigos alemães, e abracei meu irmão de sangue, dando mostras de grande alegria.

Mas... Santo Deus! Que aspecto tinha o famoso guerreiro pele-vermelha! Estava irreconhecível!

Vestia calças escuras, e também um casaco da mesma cor, que ele prendeu com um cinturão de couro, e por cima de tudo levava um sobretudo nos ombros largos. Empunhava uma grossa bengala de prata, e cobria a cabeça com um chapéu bem alto.

Era meu melhor amigo, a quem eu conhecia como a mim mesmo, e por isso não precisava ocultar-lhe nada, por isso, ao ver sua figura, soltei uma alegre e sonora gargalhada, sabendo que não iria ofendê-lo. Ele também ria abertamente, contra o seu costume, ao ver-me em meus super civilizados trajes, muito distinto de como se vestia seu amigo Mão-de-Ferro, que tantas vezes havia cruzado as pradarias do Oeste com ele.

Quando conseguimos conter nossos risos, fixei-me no homem que o acompanhava, que não era ninguém mais que Franz Vogel, o irmão de Maria.

Apertamos as mãos, perguntei-lhe pela família, mas

a atenção geral de meus amigos não deixava de dirigir-se a Winnetou. Todos o conheciam através de meus livros e narrações, mas jamais haviam sequer sonhado em poder vê-lo um dia, pessoalmente. Quantas vezes haviam me pedido que trouxesse Winnetou à Alemanha! Todas as minhas tentativas tinham sido inúteis e agora...

A que se devia tamanho milagre!

Neste momento, pensei que para ele vir de modo tão inesperado, devia haver uma razão poderosa. Pela expressão de meu rosto, ele percebeu o que estava se passando em minha cabeça, e me disse:

— Não interrompa o que está fazendo, meu irmão Mão-de-Ferro. O que me traz até aqui é importante, mas depois de esperar tanto tempo, posso esperar mais alguns momentos.

— Mas... Como conseguiu encontrar-me aqui?

— Winnetou não vinha só. Já vê que este jovem cara-pálida a quem chamam Vogel, está me acompanhando. Ele me deu as indicações para encontrar você, e fomos direto à sua casa. Foi ali que me disseram estar você num lugar onde fazem música, e como eu também sou um amante da música, decidimos vir te encontrar aqui. Depois podemos ir para a casa de Mão-de-Ferro.

— Excelente, Winnetou! E asseguro-lhe que me proporcionou a maior surpresa da minha vida. Você aqui! Em Dresden! Parece-me impossível.

— Pois meu irmão não está sonhando. É mesmo Winnetou quem está aqui!

— Já sei, seu velhaco! Já sei! Já era hora mesmo de sair um pouco de seu ambiente! E o que está achando da Europa?

— Não gosto. Muitas casas e muita gente vivendo junta, apertadas! Como podem os cara-pálida respirarem em cidades assim?

— Pois fique sabendo que muitos de nós fazemos estas perguntas, meu caro amigo. Mas sente-se, para ouvir algumas canções de minha pátria.

Nem precisei dizer a meus amigos, o diretor da orquestra e os cantores, quem era e o que representava Winnetou em seu país. Todos conheciam suas histórias, e dispuseram-se a dar o melhor de si para entretê-lo. Emocionou-me aquele desejo unânime de agradar a meu amigo, e junto com o jovem Vogel, nos sentamos em uma mesinha mais afastada e pedimos cerveja, algo que Winnetou adorava. Mas com uma grande diferença: Winnetou jamais havia bebido uma autêntica cerveja alemã.

Foi uma alegre reunião aquela, onde tudo acabou resultando perfeito. Mas à meia-noite, Winnetou anunciou que já havia escutado música o suficiente para saciar seu espírito, além de cerveja alemã o suficiente para o seu estômago!

Pouco depois, já em minha casa, o apache começou a examinar com enorme interesse cada objeto diferente que eu havia trazido das minhas muitas viagens. Às vezes, fechava os olhos, como se quisesse gravar em sua memória tudo o que via. Peguei dois cachimbos em uma estante, enchi-os e ofereci um deles a meu amigo. Ofereci um charuto ao jovem Vogel, e enquanto fumávamos, sentados em um cômodo sofá, Winnetou começou a dizer:

— Não há mais porque retardar o que tenho a lhe dizer: viemos por causa daquela linda moça branca que me apresentou, em São Francisco.

— Ao ver que estava com Franz, calculei que se tratava de sua irmã. Continue.

— Desgraçadamente, meu cunhado está arruinado, e já teve que declarar falência — anunciou o irmão de Maria.

— Eu já imaginava isso — disse. — E o que aconteceu com Potter, seu sócio?

— Também está falido.

— Não acredito, Franz. Não é possível que uma fortuna tão colossal simplesmente desapareça.

— O modo como Conrado Werner operava era absurdo. E meu cunhado confiou cegamente nos conselhos de Potter.

— Isso sim eu acredito: que Potter aconselhasse negócios desastrosos para o seu cunhado, mas que para outros eram extremamente favoráveis.

— Algo nos indica que não foi assim que aconteceu; se fosse assim, ele teria desaparecido, ao invés de continuar em São Francisco. Em todo caso, é Conrado quem deve vigiá-lo. Mas meu cunhado afundou-se na autopiedade. O pouco que lhe sobrou, gasta-o para satisfazer seus próprios caprichos, sem fazer caso das necessidades da família. Embriaga-se constantemente.

— E o que faz sua irmã?

— Desespera-se. Quando me juntei a eles, confiava em Conrado. Mas dali a três semanas, aconteceu a catástrofe. E senti-me como um peso, uma boca a mais para ser alimentada. Meu pai também entregou-se à bebida, desesperado. A única que parece não estar se importando é minha irmã. Maria sempre sofreu em silêncio. Disse-lhe que poderíamos fazer alguns concertos, mas ela não quer abandonar seu marido. Já nem vivem naquele palácio faustoso.

— No dia em que cheguei a São Francisco, fiquei sabendo disso — interveio Winnetou.

Não disseram mais nada. Depois é que Franz acrescentou que teve que lhes dar dinheiro para saírem da miséria total. Também me falaram que haviam recebido um documento oficial de Nova Orleans, notificando-os que um tio de Franz e Maria tinha falecido, deixando-lhes como herança vários milhões.

Imaginei então que havia algo de errado acontecendo com aquela herança, e ao começar a perguntar sobre isto, Franz disse, desconsolado:

— Existem vários problemas! E ao que parece, todos difíceis de solucionar. Parece que não somos os únicos parentes do irmão de nossa mãe. Meu tio tinha um filho, que desapareceu faz algum tempo.

— Que embrulhada! É um inconveniente, e não é pequeno, pois isso pode ocasionar uma demora para receberem a herança.

— Sem dúvida alguma: um advogado de Nova Orleãns encarrega-se de defender os interesses do filho desaparecido. É um amigo deste filho do meu tio, e assegura que o encontrará em alguma parte. O filho do defunto sempre levava com ele um companheiro de viagem e este, segundo afirma o advogado, não deixaria de avisar se meu primo tivesse morrido.

— Qual era o sobrenome de sua mãe? — perguntei.

— Seu nome de solteira era Jäger.

— O que nos indica que o milionário morto também tinha o mesmo sobrenome. Qual era sua profissão?

— Creio que era fornecedor do exército.

Sem saber porque, esta revelação me trouxe à memória outros acontecimentos de tempos atrás. Eu tinha entre os meus papéis arquivados, uma carta que certa vez caiu em minhas mãos, quando tive que desbaratar os planos criminosos de Henry Melton, um esperto mórmon que tentou apoderar-se da Granja do Arroio, no México. Este tal de Henry Melton havia recebido a carta de um sobrinho, anunciando-lhe que era companheiro de viagem de um amigo, com o qual se parecia muito. Havia apurado que o pai de seu amigo era milionário e, amparando-se em sua enorme semelhança com o filho, há muitos anos ausente, pensava em encontrar-se com o milionário, como se fosse o seu próprio filho.

E o que amarrava aquilo com o que me estavam contando Franz Vogel e Winnetou eram várias coisas. Primeiro: que o pai do sobrinho de Henry Melton também havia trabalhado para o exército. Segundo: que tinha um amigo com a mesma profissão, cujo filho se parecia enormemente com o amigo e que ambos os rapazes haviam desaparecido, certo dia, para lançarem-se numa viagem ao redor do mundo. E, por último, da existência entre os meus papéis daquela carta, que anunciava os ambiciosos desígnios do sobrinho de Henry Melton.

Pensando nisso tudo, levantei-me do sofá e fui até o meu escritório, para procurar aquela carta. Quando a encontrei, li atentamente e fiquei um pouco confuso, por haver uma aparente contradição: o sobrinho de Henry Melton escrevia a seu tio falando do amigo que pensava em enganar, mas o fazia nomeando a este amigo como Small Hunter, o que não casava com o sobrenome que Franz havia me dado, Jäger.

Uma idéia luminosa passou pela minha mente, e perguntei a Franz:

— Seu tio sempre conservou seu verdadeiro sobrenome alemão, Jäger?

— Não, creio que o americanizou, traduzindo-o para o inglês.

— Então, aí está! — exclamei, para grande assombro do jovem Franz e de Winnetou, que me perguntou:

— Está aí o que?

— Prestem atenção: Jäger, em alemão, quer dizer "caçador". E Hunter, em inglês, quer dizer também "caçador".

— Certo — concordou Franz. — Mas... o que isto tem a ver com o nosso caso?

— Muitas coisas, Franz! Mas principalmente, que encontramos o homem que procurava, e que vamos poder evitar um crime.

Os dois levantaram-se ao mesmo tempo, exclamando quase que a uma só voz:

— Um crime?

— Sim: o filho desaparecido de seu tio, que deixou esta fortuna de milhões, tem um companheiro de viagem que é um malandro.

— Como você sabe disso? — estranhou Franz.

— Por causa desta carta, que há muito tempo atrás, caiu em minhas mãos. Winnetou deve recordar o que nos vimos obrigados a fazer com um homem chamado Henry Melton.

— Recordo perfeitamente. Mão-de-Ferro impediu que ele se apoderasse de uma grande fazenda no México, chamada O Arroio — disse o apache.

— Pois bem: entre as coisas de Henry Melton, encontrei esta carta que lhe enviou seu sobrinho, que pelo jeito deve ser tão canalha quanto o foi seu tio. Nela, ele explica que trocará de sorte o dia em que o pai de seu amigo, o qual acompanha em viagens e com o qual se parece muito, falecer. Ele escreveu ao tio para dizer que, assim que o pai de seu amigo, que residia na América, morresse, ele regressaria para pegar a herança, fazendo-se passar pelo filho do defunto. O que lhes parece?

Winnetou e Franz olharam-se por um instante, desconcertados, sem saber o que dizer. Mas logo, em sua praticidade, o chefe dos apaches me perguntou:

— E por essa carta poderemos localizar o filho do tio de Franz?

— Se forem as mesmas pessoas, há uma possibilidade. Este jovem malandro pediu ao tio que lhe enviasse resposta no Consulado dos Estados Unidos no Cairo.

— No Egito? — quis confirmar Franz, espantado.

— Sim, pois ele disse ao tio que era provável que viajassem pelo Nilo.

Franz e eu olhamos para Winnetou e este, percebendo o que já estávamos pensando, tratou de dizer:

— Ah, não amigos! Eu já vim até a Europa, e gostei de ter conhecido a Alemanha. Mas se estão pensando em ir até esse Egito, para localizarem estes dois, eu... eu...

— Você virá conosco, meu caro Winnetou!

— Mas... O que irá fazer um apache no Egito? — ainda tentou protestar.

— O mesmo que tem feito nas pradarias: lutar pela verdade e justiça!

Winnetou sentou-se no chão, de pernas cruzadas, ao modo indígena, olhando muito sério para o chão atapetado. Eu sabia que ele estava pensando nesta viagem.

Por isso, disse para mim mesmo, sem interromper seus pensamentos:

"Ele irá conosco! Tenho certeza que irá nos acompanhar!"

* * *

Minutos depois, Winnetou levantou-se, anunciando:

— Irei ao Egito, mas... Meu irmão Mão-de-Ferro acredita mesmo que há alguma possibilidade de encontrarmos os dois homens que buscamos?

— Devemos, pelo menos, tentar. Nesta carta, esse tal Jonathan Melton comunicava a seu tio Henry que pretendia usar sua semelhança com Small Hunter. Pretendia tomar-lhe o lugar, e valendo-se deste embuste, ficar com a herança do amigo. Devemos impedir isto!

— Mas Winnetou tem razão — interveio Franz. — Como poderemos localizá-los, mesmo sabendo que estão viajando pelo Oriente?

— Nós nos apresentaremos no Consulado dos Estados Unidos no Cairo e ali pediremos informações. Winnetou e eu já seguimos rastros piores!

— Eu acredito; mas isso significará muito transtorno para vocês — tornou a insistir Franz.

— Não importa: faz muito tempo que conheço a sua família, e agora trata-se de ajudar você e Maria a cobrarem sua herança. Sua situação não é muito vantajosa, com a ruína de seu cunhado. E isso sem contar que, talvez cheguemos a tempo de poder evitar o assassinato de seu primo Small Hunter, pois esse Jonathan Melton não hesitará em matá-lo, agora que o pai de seu amigo está morto, pois isso será necessário para esse canalha tentar colocar as mãos na herança.

— Qual é o caminho mais curto para chegarmos ao Cairo? — perguntou Winnetou.

— Daqui até Brindisi, por trem, e dali até Alexandria, por navio.

— E quando fazemos as malas?

Agradava-me aquele entusiasmo de Winnetou; o apache sempre havia sido assim, e quando decidia uma coisa, meu amigo não gostava de demoras. Ele sempre imprimia agilidade e movimento a tudo quanto fazia, e eu sabia que, com Winnetou na expedição, teria uma valiosíssima ajuda. Por isso respondi prontamente:

— Partiremos amanhã mesmo.

No dia seguinte, o jovem Franz Vogel veio despedir-se na estação, antes de empreender, ele também, sua viagem de regresso a São Francisco, com todas as instruções sobre os vários problemas que poderiam apresentar-se a ele e a sua família.

No vagão, tive a viva demonstração da curiosidade que despertava o meu acompanhante apache. Mas Winnetou suportava aquela curiosidade com a dignidade de sua raça, sem aborrecer-se e concentrando-se em adaptar-se ao ambiente.

Pouparei aos leitores os detalhes maçantes da viagem, que transcorreu normalmente. Mas para que meu amigo chamasse menos atenção, decidimos que, ao chegarmos a Alexandria, Winnetou compraria um traje árabe, que assentava-lhe às mil maravilhas.

Quando chegamos ao Cairo, nos encaminhamos ao Consulado dos Estados Unidos, e ali obtivemos informações sobre o jovem Small Hunter e seu amigo, que estavam hospedados no Hotel Nilo. Para nosso infortúnio, disseram-nos no hotel o mesmo que nos haviam dito no Consulado: que há três meses atrás, os dois viajantes haviam partido, justamente antes de poderem receber uma comunicação que havia chegado de Nova Orleans, a qual os empregados limitaram-se a enviar para a Tunísia, já que eles haviam deixado nesta capital um despachante hebreu chamado Musah Babuam, que estava encarregado de receber toda a correspondência dirigida a eles.

Dei uma boa gorjeta aos amáveis empregados do hotel, que então nos disseram que Small Hunter e seu companheiro de viagem pareciam desfrutar de boa saúde, e também pareciam ser muito companheiros. Acrescentaram também que os dois jovens eram muito parecidos entre si, vestiam roupas parecidas, e até mesmo os gestos eram similares.

Descansamos no Hotel Nilo e depois do jantar, sentamo-nos no iluminado jardim, saboreando um copo de limonada. Como vinha acontecendo, todas as atenções concentraram-se em nós porque, com ou sem roupas árabes, Winnetou sempre chamava a atenção. Havia no jardim muitas mesas ocupadas, pois eram muitos os hóspedes do hotel que ali estavam aproveitando o frescor da noite. A uma certa distância havia um homem com roupas muçulmanas, a quem nossa presença parecia ter causado mais surpresa que o habitual.

Mas a surpresa foi minha quando, levantando ainda mais o capuz que levava, avançou resolutamente em minha direção, e pondo as mãos sobre meus ombros, saudou-me no dialeto dos índios tehuas:

— *Ofeng-ge tah, mo* Mão-de-Ferro.

Aquilo queria dizer: "Boa noite, Mão-de-Ferro."

Eu já ia responder, tentando adivinhar quem era, quando ele colocou a mão no braço do apache, para acrescentar:

— *Ofeng-ge tha, mo* Winnetou.

Não havia dúvida que aquele árabe nos conhecia! Levantei-me perplexo, respondendo na mesma língua:

— *Tah-ah oh ffe.* (Quem é você?)

A resposta me foi dada em um inglês perfeito:

— Adivinhe, antigo matador de leões! Quero saber se me reconhece somente pela minha voz!

Meu espanto aumentou, mas gritei por fim:

— Emery! Emery Bothwell!

Então, ele tirou o capuz, sorridente, abrindo os braços e estreitando-me num forte abraço, enquanto dizia:

— Muito, muitíssimo tenho me lembrado de você, meu caro amigo! Sabe que estou há muito tempo tentando localizá-lo? Agora, neste jardim, e por uma casualidade, tropeço inesperadamente com você! Não significa isto que o destino nos une?

Não recordo o que respondi exatamente, mas sim que meu grande amigo voltou-se para Winnetou, acrescentando:

— Assunto muito importante deve ter trazido o mais célebre dos apaches a terras tão distantes de suas pradarias. Porque é muito distante aqui das Montanhas Rochosas, isto sim!

— É importante sim, e se meu irmão se sentar, explicaremos o que viemos buscar aqui!

Emery Bothwell aceitou encantado o convite de Winnetou. Mas antes de contar-lhe o que estávamos fazendo ali, recordei rapidamente a aventura que havia vivido ao lado deste singular homem. Em companhia dele e de mais alguns outros, havíamos destroçado uma caravana de ladrões, conhecendo por aquela época a

Winnetou, e percorrendo com ele quase todo o Oeste dos Estados Unidos.

E foi justamente recordando aqueles fatos, que pensei não ser possível termos encontrado um companheiro mais apto a nos ajudar em nossa arriscada missão. Pensei contente que, nem que aquele canalha do Jonathan Melton tivesse se escondido no centro da Terra, poderia escapar de nós, porque Winnetou e Emery Bothwell, um dos mais célebres exploradores da América, o estavam buscando.

Em poucas palavras o pusemos a par do que estava se passando, e seu rosto encheu-se de assombro ao saber que estávamos procurando um homem chamado Small Hunter. No mesmo instante interrompeu minha narração, anunciando-nos:

— Eu conheço Small Hunter! Encontrei-o em Nighileh e juntos fizemos uma expedição a Berd Ain, na qual empregamos dois meses. Depois, Hunter me disse que tinha algo a fazer na Tunísia, e eu quis acompanhá-lo, mas antes tive que vir ao Cairo, apanhar dinheiro. Ele está me esperando em Alexandria.

— Que lástima! Acabamos de chegar de lá, e não o encontramos. Quem viajava com ele?

— Ninguém — respondeu Emery Bothwell, sem vacilar.

— Está certo disso, Emery? Ele não estava acompanhado por um tal de Jonathan Melton?

— Não conheci este tal de Jonathan Melton, que está dizendo. Aliás, nunca nem ouvi este nome!

— Nestes dois meses que estiveram juntos, Hunter nunca lhe falou sobre ele, sobre este amigo?

— Não me disse nem uma palavra sobre este homem!

— Muito estranho! Tinha entendido que eram muito amigos e que viajavam juntos há anos. E sabemos que Jonathan Melton pensa em aplicar um golpe em Small Hunter.

— Que tipo de golpe?

— Matá-lo!

— Como? — exclamou impressionado Emery Bothwell.

— Sim, matá-lo para assumir seu lugar, e requerer assim a herança que por direito pertence a Small Hunter. Ele deve regressar logo para tomar posse da herança milionária deixada por seu pai. Mas agora, diga-nos Emery: sabe em que hotel ele iria ficar em Alexandria?

— Em nenhum, vive numa casinha própria. Foi à Tunísia visitar um amigo, chamado Halaf Ben Vrih, capitão do exército tunisiano.

— Halaf Ben Vrih? — interrompi. — É um nome incomum!

— Hunter disse-me uma vez que este seu amigo é um homem instruído. Fala inglês perfeitamente, mesmo porque é de procedência estrangeira. Ao que parece, ele nasceu na Inglaterra e converteu-se ao islamismo há oito anos.

— Então este Halaf Ben Vrih é inglês? Não sei, Emery, mas penso que ele nasceu na América, e é o tal Jonathan Melton que procuramos. E agora, uma pergunta mais: sabe se Hunter está se relacionando com outra pessoa, além deste capitão?

— Lembro-me de ter me dito que enviavam sua correspondência a um mercador da Tunísia.

— E o nome desse mercador?

— É judeu, se não me engano. Chama-se... Chama-se... Caramba! Não me lembro agora!

— Musah Babuam, quem sabe?

Nosso amigo olhou-nos com os olhos arregalados, exclamando:

— Com efeito! É esse o nome! Mas... Como você sabe?

— Já lhe disse que estou interessado em tudo que diz respeito a Small Hunter e seu amigo. E temo que seja este capitão, Halaf Ben Vrih, o tal Jonathan Melton que procuramos... É um espertalhão!

— Um espertalhão?

— Digo mais Emery: começo a acreditar que Jonathan Melton já deu início a seu plano, e o tal Small Hunter que você diz conhecer não é ninguém mais que ele mesmo, fazendo-se passar por seu amigo.

— Por que acha isso?

— Muito simples: se tivesse conhecido o verdadeiro Small Hunter, ele não teria ocultado de você que tem um amigo muito parecido com ele. Em dois meses de viagem, fala-se sobre muitas coisas, e algo assim tão singular, não se esquece, e comenta-se uma vez ou outra, não crê?

— Mão-de-Ferro está seguindo uma boa pista — disse Winnetou.

Ainda falamos um pouco sobre aquilo tudo e ao terminarmos, combinando que se juntaria a nós, Emery Bothwell manifestou-se:

— Será uma viagem muito interessante. Por tudo isto que me contou, eu também cheguei a algumas conclusões. O Small Hunter que eu conheço não pode ser outro, senão seu companheiro de viagem Jonathan Melton. E esse capitão tunisiano, é seu pai Thomas Melton, a quem você arrastou desde o forte Vintah até o forte Edward. Fazem oito anos que ele está em Tunísia: quer dizer, entre uma data e outra, há um ano de diferença. Ano que ele, certamente, empregou para poder ingressar no exercito tunisiano. O que acha das minhas suposições?

— Acho que elas batem com o que pensamos, Emery — disse-lhe.

— A única coisa que me irrita é ter viajado tanto tempo com este safado!

— Com um safado que pensa cometer um assassinato — completei. — Imagino se, de alguma maneira,

Jonathan Melton soube antes do amigo da morte do pai. E quem sabe enviou o próprio Small Hunter para ir falar com o capitão, que não é ninguém mais que Thomas Melton, pai deste canalha que pretende ir para os Estados Unidos apossar-se desta fortuna.

— Creio que nosso dever é salvarmos, se chegarmos a tempo, a esse jovem — disse impulsivamente Emery.

— E se avisarmos a polícia?

— Não temos prova concreta de suas intenções. Será preciso agirmos por conta própria.

— Por que não procuramos Mohammed es Sadok Pacsha, o soberano da Tunísia?

— Não precisa; tenho excelentes relações com o chefe da guarda do soberano.

— Que espécie de título é este? — quis saber Winnetou.

— É o homem encarregado da escolta do soberano. Chama-se Kruger Bey e é um bom amigo meu.

— Kruger? — disse por sua vez Emery. — Esse nome não tem nada de tunisiano, e sim de alemão.

— Com efeito: Kruger é alemão. E se me permitirem, enquanto estamos aqui aproveitando o frescor desta noite agradável, vou lhes contar algumas coisas sobre ele.

E Winnetou tratou de pedir mais limonada, enquanto dispunha-se a me escutar.

## Capítulo II

Então, depois de saborear o refresco, comecei minha narração diante de meus atentos amigos:

— Kruger tem um passado, que nenhum escritor, mesmo o mais imaginativo, conseguiria criar. Há muito tempo atrás, depois de rodar por outros países, ingressou no exército tunisiano, sendo rapidamente promovido por conta de seu valor, engenho e destreza. Hoje

em dia é o coronel chefe da escolta do soberano, que tem depositado em Kruger toda a sua confiança.

— Este não é um posto que se ocupa facilmente — opinou Emery.

— Certo; mas Kruger é um soldado consciente, um súdito fiel, e ao mesmo tempo um bom homem. Particularmente sempre me deu grandes mostras de consideração. Quando o conhecerem, estou certo de que vocês o apreciarão, assim como ele a vocês. E se divertirão ao ouvi-lo falar!

— Por que? — quis saber Winnetou.

— Ele mistura línguas de uma forma toda particular. O Alcorão e a Bíblia são a mesma coisa para ele, e como já lhes disse, o fato de ter estado em muitos países, faz com que misture os idiomas, e às vezes tenta falar num deles, mas chega o momento em que não se sabe qual ele está usando. Entre o alemão, o francês, o inglês, o italiano e o árabe, que conseguiu finalmente aprender, forma-se uma divertida confusão, que ninguém consegue entender. Seu talento para aprender línguas não chega ao ponto de mantê-las separadas. Eu o visitarei, e tenho certeza que nos receberá alegremente.

— Você irá lhe contar esta história sobre Small Hunter e seu amigo Jonathan Melton?

— Não acredito que seja necessário, Emery.

— Bem, você é quem sabe. Eu estou certo de que o falso Small Hunter que conheci não desconfia de mim, mas... O que acontecerá quando souber quem são vocês?

— Não creio que descubra que somos Winnetou e Mão-de-Ferro.

— Mas será melhor que mudem de nome!

— Emery tem razão — concordou Winnetou.

— De acordo; e esconderei o fato de ser alemão, já que Jonathan Melton deve saber, seja por seu pai ou por seu tio, que Mão-de-Ferro é alemão.

— Por que não se passa por um compatriota meu? Você fala inglês perfeitamente. Pronto! A partir de agora você é um de meus parentes, senhor Jones, a quem encontrei por uma coincidência, e que está indo à Tunísia para resolver seus negócios.

— E eu? Por quem irei me passar? — perguntou Winnetou.

— Será um somali maometano, chamado Ben Afra.

— O que é um somali?

— Não se preocupe; explicarei durante a viagem, para que saiba como agir. Mas começaremos por dizer que não conhece o árabe.

— E não estaremos mentindo — disse rindo o apache. — Não entendo uma só palavra deste estranho idioma!

— Guarde bem isto, Winnetou: de Zanzibar passou pela Índia, onde permaneceu vários anos. Foi ali que teve a oportunidade de aprender inglês.

— E quando partiremos? — quis saber Winnetou, com sua costumeira praticidade.

— O que acham de partirmos amanhã, no mesmo navio que o falso Small Hunter tomará?

Winnetou e eu nos olhamos, confusamente.

— Mas Jonathan Melton está aqui? — perguntei a Emery.

— Sim; ainda que, por razões particulares, quer que todos acreditem que não está.

— Pois iremos neste navio, também! Como iremos fazer para que o capitão não desconfie de nossas falsas identidades?

— Deixe isso por minha conta. Direi que roubaram todos os seus documentos, e eu apresentarei meu passaporte, respondendo por vocês.

— Falando de personalidades falsas, tenho curiosidade em saber como Jonathan Melton pretende assumir a identidade de Small Hunter... Ele é o legítimo possuidor deste nome, se nossas suposições estão certas, e não deve ter deixado que levasse todos os seus documentos para Tunísia.

— Isso é o que veremos. O principal é que vocês dois não despertem suspeitas. Diremos que você encontrou na Índia o rico somali Ben Afra, e que os dois estão indo a Londres iniciar um negócio.

No outro dia, a aventura começou.

# Uma Viagem Interessante

## Capítulo Primeiro

O navio que tomamos vinha dos portos da Palestina, e depois de passar por Alexandria, Tunísia e Argel, regressaria à Marselha, ponto de partida de suas viagens por todo o Mediterrâneo.

Eu me enganei, ao pensar que o falso Small Hunter iria se aborrecer por ter novos companheiros de viagem. Pois quando Emery Bothwell nos apresentou, com os nomes que havíamos inventado, aquele homem aparentemente educado e afável nos sorriu, e até nos apertou as mãos, dando mostras de viva simpatia. Só o capitão parecia contrariado, ao manifestar-se:

— Este navio não é de passageiros, senhores. Temo que os senhores não possam viajar aqui e...

Havia chegado o momento de averiguar se teríamos sorte e se o falso Small Hunter aproveitaria aquela oportunidade para viajar sozinho. Pois foi ele o primeiro a adiantar-se, dizendo ao mal-humorado capitão:

— Mesmo que um de seus passageiros se chame Hunter?

— Hunter? O senhor é Small Hunter?

— Ele mesmo, capitão!

— Então, o senhor pode ficar; recebi o aviso de Halaf Ben Vrih, mas ele me falou somente do senhor, nada me dizendo sobre os outros passageiros.

— Estes senhores são meus amigos e Halaf Ben Vrih ignorava que iriam reunir-se a mim nesta viagem. Particularmente, eu lhe ficaria muito grato se lhes permitisse usar algum dos camarotes de seu barco.

Não havia dúvida que o capitão francês tinha interesse em agradar o oficial tunisiano, que lhe havia falado do falso Small Hunter, porque no mesmo instante sua expressão mudou, e ele nos aceitou em seu barco. Isto fez-me pensar nos motivos que levariam um capitão mercante francês a ter uma dívida de gratidão para com um oficial tunisiano.

Mas o caso é que ele nos acomodou, os quatro, em dois pequenos camarotes. O falso Small Hunter nos olhou, indagando enquanto sorria alegremente:

— Bem, cavalheiros, qual de vocês deseja suportar meus roncos?

Winnetou adiantou-se, oferecendo-se num inglês perfeito:

— Se não se incomodar, posso compartilhar o camarote com o senhor. Tenho um sono tão pesado, que ruído nenhum me desperta.

Depois de arrumarmos nossa bagagem nos respectivos camarotes, nos instalamos no convés, enquanto o barco levantava âncora e começava uma das etapas da sua viagem. Dei-me conta de que Hunter nos observava, dissimuladamente, centrando sua atenção em mim; Emery ele já conhecia, e pelo jeito devia considerar Winnetou somente um somali ignorante, a quem a sorte havia sorrido. Eu esforcei-me por demonstrar-lhe simpatia e não poupei esforços para ser-lhe agradável, o que devo confessar não atingiu plenos resultados.

Digo isto porque notei que, nas várias vezes em que acreditava não estar ninguém o observando, cravava seu olhar em mim, desviando os olhos quando via que eu, muito sorridente e amável, o encarava também.

Mais tarde, quando já havíamos deixado para trás o porto de Alexandria e navegávamos em alto mar, aproximou-se de mim, que estava apoiado na amurada, contemplando as ondas, e me disse:

— Segundo escutei, o senhor está vindo da Índia, senhor Jones. Estava neste fabuloso país há muito tempo?

— Somente quatro meses; os negócios me levaram até lá.

— Negócios? A que tipo de negócios o senhor se dedica?

— Peles e couros — menti serenamente, lembrando-me que o velho Hunter também negociava estas mercadorias.

— Ora! — replicou, algo desconfiado. — Ignorava que a Índia fosse terreno propício para o comércio de peles e couro.

Dei-me conta de duas coisas, então. A primeira era que aquele homem era extremamente astuto, e a segunda, era que eu havia sido surpreendido. É certo que a Índia não resulta num país muito propício para dedicar-se aos negócios de peles e couros, mas, como já havia dito que havia estado ali, dispus-me a sustentar minhas palavras, esclarecendo:

— O senhor esquece da enorme produção de peles que tem a Sibéria, senhor Hunter.

— Não, não esqueci. Mas as peles da Sibéria... Não vêm da Rússia?

— Certo. Da Rússia e também da China. Mas como a China está muito distante, e os intermediários pedem preços elevados, decidi realizar pessoalmente o negócio. O senhor sabe que as possessões inglesas na Índia chegam até a parte alta da Ásia, e não me foi muito difícil estabelecer uma linha comercial, que nos permitirá o abastecimento de peles do mercado da Sibéria, passando pela Índia, e isso sem precisar contar com os comerciantes do Czar da Rússia, e nem os do imperador da China.

— Compreendo. O senhor é um homem muito esperto.

— Obrigado por considerar-me assim, senhor Hunter. Mas os meus melhores negócios estão nos Estados Unidos.

— Mas o senhor não é inglês? Emery me disse...

— Isso não importa. O dinheiro não tem pátria. Por isso fui várias vezes a Nova Orleans para...

— Nova Orleans? — interrompeu-me. — O senhor deve ter deixado ali bons amigos, não é verdade?

— Bom... Nada mais que relações comerciais — respondi, sem dar-lhe importância.

— Mas de todo jeito, estranho que não conheça meu nome. Meu pai já retirou-se dos negócios há algum tempo, mas sempre conservou suas relações com todos os seus amigos e clientes. E se o senhor diz que também comercia peles e couros...

O espertalhão havia conseguido levar-me aonde queria. Mas eu também o tinha pego, e fingindo vasculhar a memória, tornei a dizer:

— Seu nome? Hunter?... Hunter... Não recordo de nenhuma firma com este nome!

— Meu pai não tinha nenhuma firma; era fornecedor do exército.

— Ah, isso é outra coisa! — respondi. — Mas o fornecedor do exército que eu conheci não se chamava Hunter, e sim Jäger.

— Meu pai era alemão, e trocou seu sobrenome pelo equivalente em inglês. É que Jäger quer dizer caçador, Hunter, em inglês.

— Ora, ora! Como o mundo é pequeno. Então o senhor é filho do fornecedor do exército que conheci em Nova Orleans?

Meio receoso, aquele homem indagou, sem contudo responder diretamente a minha pergunta:

— O senhor conhecia bem meu pai?

— Não. Contatos comerciais, simplesmente, como já lhe disse. Em uma vida tão corrida como a minha, conheço em minhas viagens muitas pessoas que mais tarde esqueço.

— Compreendo...

Guardou silêncio, olhando também para o mar, antes de dizer novamente:

— Meu pai morreu...

O espertalhão não suspeitava que, com aquela notícia, cometia um grave erro. Apressei-me a aproveitar este deslize, como se estivesse estupefato:

— O que está me dizendo? O bom Jäger está morto?

— Sim. Fazem uns três meses...

— Eu sinto muito! Mas... Por que o senhor não retornou imediatamente a Nova Orleans? Recordo-me, vagamente, que seu pai era muito rico, e deve ter-lhe deixado uma valiosa herança.

— Assim eu também acho. Mas não faz muito que recebi a triste notícia. Eu estava viajando pelo Oriente.

— O senhor desculpe se estou me intrometendo, mas agora retornará imediatamente para Nova Orleans, não?

Eu vi o rapaz endurecer, dando-se conta da falta cometida, e arqueando as sobrancelhas, ele me disse:

— Não... Não vou diretamente a Nova Orleans. Antes tenho assuntos a resolver na Tunísia.

Para não dar-lhe tempo de recompor-se, comentei como se recordasse de algo:

— Compreendo, devem ser suas relações com o capitão Halaf Ben Vrih, não é verdade?

Olhou-me fixamente, abandonando o tom gentil de sua voz ao perguntar-me:

— O que sabe o senhor sobre o capitão Halaf Ben Vrih? Que motivos tem para crer que ele é a razão de minha ida à Tunísia?

— Ora... Ouvi o capitão do navio falar deste oficial do exercito tunisiano. Não foi ele quem o recomendou, para que viajasse neste navio? Ao menos foi isto que eu e meus amigos entendemos.

Pronto, eu o havia pego!

Pelo menos em parte. Em sua fronte desenharam-se rugas de preocupação, e demorando um pouco mais que o habitual para responder, por fim admitiu:

— Já que o senhor ouviu o que disse o capitão do navio, creio que devo comunicar-lhe algo. Mas antes, quero que me responda: da Tunísia o senhor vai direto para a sua pátria?

— Provavelmente. Já faz tempo que não vou à Inglaterra.

— Bem, nós também iremos à Inglaterra.

— O senhor disse "nós", senhor Hunter?

— Sim, refiro-me ao capitão Halaf Ben Vrih e eu. É quase certo então que tomaremos o mesmo navio, então, devo-lhe confessar algo que, mais cedo ou mais tarde o senhor descobrirá. Eu prometi ajudar este *Kolarasi*.

— Este o que? — perguntei, intrigado.

— *Kolarasi* quer dizer, na Tunísia, oficial com patente de capitão. Meu amigo Halaf Ben Vrih é capitão. Mas cansou-se da vida que leva, e deseja regressar à sua pátria, a América.

— Ah! Então seu amigo é americano!

— Sim, fazem alguns anos que adotou a religião islâmica, e conseguiu subir por seus próprios méritos.

— Bom, pois se cansou de ser *Kolarasi* na Tunísia, que peça licença e saia legalmente do país que adotou. Não é assim?

— Teoricamente, sim. Mas não concedem licença tão facilmente aos oficiais estrangeiros que passaram alguns anos no exército tunisiano. No fundo, precisam de seus serviços. Por isso, ele não tem outro remédio senão desertar, e para isso necessitará de minha ajuda. Eu posso ser uma espécie de protetor, que o ajude com suas despesas até seu regresso à América, compreende?

— Ora! É algo muito arriscado, me parece.

— Não posso esquecer que é um compatriota meu, mesmo que tenha passado muitos anos prestando serviço ao exército tunisiano. Na América procurarei arranjar-lhe uma colocação.

— Por que está me dizendo tudo isto, senhor Hunter?

— Porque tomaremos o primeiro navio que zarpar para a Inglaterra e, como é muito provável que o senhor também faça a travessia nele, para o caso de nos encontrarmos, já saberá de toda a situação. Inclusive, já que o senhor é tão amável, poderia até nos ajudar.

— Bom, eu... — fingi duvidar, até que "amistosamente" aceitei. — Concordo, senhor Hunter. Mas de que modo poderei ajudar ao senhor e ao seu amigo Halaf Ben Vrih?

— Ainda não sei, mas permita-me rogar-lhe que sirva de intermediário entre ele e eu.

— Intermediário? Não é o senhor quem vai tratar diretamente com o capitão Halaf Ben Vrih?

— Não, ao menos no princípio, e tão publicamente. A partir do momento em que me propus a ajudar um oficial desertor, tenho que fazer-me invisível. Soube que o capitão Halaf Ben Vrih ausentou-se de Túnis e ignoro se já regressou. Devo me informar sobre isso, mas não gostaria de fazer isto diretamente. O senhor poderá fazer esta averiguação para mim?

— Com o maior prazer, senhor Hunter.

— É que não desembarcarei em Túnis. O capitão já está inteirado que tenho que desembarcar antes, mais especificamente em Ras Charnah. Dali, irei, secretamente, a uma aldeia situada ao sul de Túnis e que se chama Zaghuan, hospedando-me na casa de um amigo de Halaf Ben Vrih, que é comerciante de cavalos e chama-se Bu Marama. Ficarei escondido até que o desertor embarque, pois ninguém pode saber que estive ali, nem a participação que tenho neste assunto. Enquanto isso, o senhor desembarca no porto, toma informações sobre Halaf Ben Vrih, e volta até Zaghuan, para informar-me sobre tudo.

Fiquei em silêncio, memorizando tudo aquilo, e ele me perguntou, algo preocupado:

— Não será abusar de sua amabilidade?

— Ah? Não, não... De modo algum, senhor Hunter! E fico contente que confie em mim para contribuir com algo no resgate de seu amigo.

— Então saiba que conto com o senhor. Já vejo que Emery Bothwell tem um bom amigo!

Estendeu-me a mão, que eu apertei, mas sorrindo interiormente ao pensar na carta que levava em um dos meus bolsos. Já não havia dúvida que aquele jovem impostor era Jonathan Melton, o velhaco que devia nos levar até onde estava o verdadeiro Small Hunter, que sem dúvida alguma ele pensava em assassinar, quem sabe se com a ajuda do desertor, que fazia-se chamar por Halaf Ben Vrih.

Pensei que o verdadeiro Small Hunter deveria ter sido enviado ao capitão tunisiano sob algum pretexto, para que o seu cúmplice se encarregasse de escondê-lo. Era fácil perceber que antes que um desaparecesse, o outro não podia aparecer. A ausência do capitão Halaf Ben Vrih estava, pois, intimamente ligada ao assassinato do desafortunado herdeiro. Enquanto o *Kolarasi* estivesse ausente, seria tempo de salvar Small Hunter; mas a presença dele em Túnis seria o sinal de que o crime já havia sido consumado.

Enquanto Melton, ou o falso Small Hunter, retirava-se para o camarote que compartilhava com Winnetou, fiquei só com meus pensamentos. Mais tarde Emery Bothwell pressentiu minha inquietude, mas nada lhe contei sobre minha conversa com o falsário.

Não tínhamos outro remédio senão esperar o desenrolar dos acontecimentos.

## Capítulo II

Fazia pouco que Emery e eu dormíamos em nosso camarote, quando umas batidas ligeiras na porta me despertaram. Meu companheiro de aposento continuou dormindo. Ao abrir a porta, deparei-me com Winnetou:

— Aconteceu algo?

— Está muito escuro aqui! Não poderia meu irmão acender uma luz?

— Isso quer dizer que quer me mostrar algo, não é?

— Sim, meu companheiro de camarote bem que tentou esconder, mas esperei que ele dormisse e... Veja só isso!

Ele me mostrava uma carta, enquanto eu acendia uma lâmpada:

— Enquanto eu fingia dormir profundamente, este homem começou a colocar ordem nas coisas que levava numa maleta. Seu interesse maior era a carteira, que tirava e tornava a colocar no meio dos papéis, observando-me receosamente. Eu quase não podia ver nada, já que estava com os olhos meio fechados, mas segui todos os seus movimentos e vi que guardava a chave da maleta num dos bolsos de sua calça. E assim que ele dormiu...

Ao acender a lamparina de azeite, Emery por fim despertou, unindo-se à nossa curiosidade pelos documentos e cartas que a carteira trazia. A primeira carta que pegamos estava escrita em inglês:

"Querido Jonathan:

*"Que sorte teve em conseguir pegar a corres-*

*pondência de Small Hunter no Consulado, sem que ele ficasse sabendo! Já sabe então da grande notícia! Agora, cabe a você fazer desaparecer o verdadeiro Small Hunter, o que não deverá ser difícil, sem dúvida. Tenho que ver então como vou conseguir escapar deste triste país, e começar a vida em outro lugar, com mais conforto e vantagens.*

*"Perguntou-me se aprovo seus planos? Repito que não podem ser melhores. Enviaremos Small Hunter à Túnis, valendo-nos da carta que você falsificou, imitando a letra do advogado. Você é um verdadeiro artista. A falsificação está tão perfeita, que não despertará a menor dúvida o fato de que seu amigo deseja encontrá-lo em Túnis, para uma conversa indispensável. Aproveite a primeira oportunidade que tiver para voltar a Túnis.*

*"Mas não vá junto com ele, pois a extraordinária semelhança entre vocês certamente iria chamar a atenção, e mais tarde, este acontecimento, poderia ajudar a desvendar o caso. Permaneça algum tempo no Egito. Em Alexandria, hospede-se na casa do grego Michaelis, e espere ali por minha próxima carta, na qual lhe darei novas instruções.*

*"Foi realmente engenhoso de sua parte enviarme Small Hunter, sob o pretexto de que Fred Murphy, o advogado, hospedava-se em minha casa. Eu farei com que Hunter desapareça sem deixar vestígio. Feito isto, eu o chamarei, para que ocupe seu posto. Não será difícil para você apresentar-se nos Estados Unidos como se fosse realmente Small Hunter. E certamente poderá sustentar a farsa, pelo menos até termos colocado as mãos na herança..."*

*Esta era a parte mais interessante daquela carta, que, como se vê, estava fortemente relacionada com nossa missão. Depois disso, seguiam-se vários conselhos e recomendações, mas desprovidos de interesse para nós. Outra carta, de data mais recente, era bem menos explicita:*

"Querido filho:

*"Arranjou tudo de um modo perfeito. Tudo caminha às mil maravilhas. Small Hunter chegou, e já está instalado em minha casa. Uma coisa apenas não me agrada, e é que ele tenha deixado ordem para entregar toda sua correspondência a um tal de Musah Babuam. Falou-me muito de você e parece realmente triste por terem se separado. Nem de leve ele suspeita que o pai morreu.*

*"Parece-me supérfluo dizer-lhe que, mal chegou, já me perguntou por seu amigo, o advogado Fred Murphy. Eu estava preparado para dar-lhe uma resposta verossímil, mas nem foi preciso, pois a casualidade veio em minha ajuda.*

*"O caso é que a tribo dos Uled Ayor sublevaram-se contra o Bey, por acharem demasiado elevada a contribuição imposta a eles, e eu recebi a ordem de sair imediatamente com meu* Atty baluju *(esquadrão), para enfrentar os revoltosos, impondo-lhes como castigo, o dobro da contribuição. Levei Small Hunter, dizendo-lhe que como não esperávamos seu amigo advogado antes de uma semana, poderia acompanhar-me, o que tornaria menos monótona a espera. O estúpido foi bastante imbecil para aceitar, e o território dos Uled Ayor encontra-se a cento e cinqüenta quilômetros ao*

*sul de Túnis. Ali será o combate, e isto me proporcionará excelente ocasião para providenciar que ele não volte.*

*"Segundo meus cálculos, esta expedição de castigo durará pouco. Depois regressarei a Túnis. Organize-se para que por esta época você já esteja por ali. Meu amigo, o capitão Villefort, está saindo para Alexandria, e ali você embarca. Prometeu-me que permitirá que desembarque antes, em Ras Charnah. Entenda que você não pode aparecer em público, antes de falar comigo. Antes de ir até a minha casa, informe-se se eu já regressei. Enquanto isso, aloje-se na casa de Bu Barama, o comerciante de cavalos, a quem já avisei. Vive na aldeia de Zaghuan, ao sul de Túnis, e está me devendo vários favores. Ele o receberá muito bem, e você ficará tão escondido, que ninguém suspeitará da sua presença. Naturalmente, ele ignora as razões de tanto mistério.*

*"Vou me apropriar dos documentos de Small Hunter, e os entregarei a você, de forma que possa identificar-se como ele. Assim que terminar esta missão, não pedirei licença, mesmo porque não a dariam, nem vou pedir para retirar-me do serviço, o que me tornará mais fácil desertar. Pegaremos o primeiro navio para os Estados Unidos, via Inglaterra. Ali permaneceremos uma boa temporada, porque tenho razões pessoais para assim o querer."*

# O Chefe da Guarda do Senhor

## Capítulo Primeiro

À luz da lamparina de azeite, no estreito camarote, eu me cansava de ler estas cartas a meus amigos, que me escutavam atentamente. Não havia dúvida alguma de que aquele canalha não tinha deixado solto nenhum detalhe, a julgar por mais duas páginas repletas de conselhos e advertências a seu filho Jonathan Melton; advertências, conselhos e detalhes que deviam ser a causa para ele não ter-se desfeito de tão comprometedora correspondência, pois deveria consultá-la de vez em quando, como Winnetou havia presenciado aquela noite, enquanto fingia dormir.

Quando terminei, devolvi tudo ao apache, dizendo:

— Não devemos despertar sua desconfiança por agora. Torne a colocar a carteira na maleta, e vamos fingir que nada sabemos disto.

O falso Small Hunter nada suspeitou, porque no dia seguinte continuou a nos tratar com extrema cordialidade, mas no entanto não tornou a falar em nosso "acordo".

E assim passou-se aquele dia da longa travessia. No dia seguinte, o último de nossa jornada, aproximou-se de mim, dizendo-me:

— O senhor continua disposto a fazer-me o favor que me prometeu?

— Naturalmente, senhor Hunter — confirmei. — O que prometo, eu cumpro sempre, ao pé da letra.

— Muito bem! Pois agora vou lhe pedir algo.

— Peça então, meu amigo!

— Como deverei fazer a pé, muito provavelmente, o caminho que separa Ras Charnah de Zaghuan, e devo continuar passando o mais desapercebido possível, não posso levar comigo minha bagagem, principalmente esta pesada maleta. Não estaria abusando se pedisse ao senhor que colocasse esta maleta entre a sua bagagem, enviando-a depois, através de um emissário, para a casa do comerciante de cavalos?

— Claro que não, senhor Hunter. Será um prazer.

Apertamos as mãos e ele foi para o seu camarote, permitindo-me combinar com Winnetou o que eu pretendia. Mais tarde, ele nos disse que havia visto o falso Small Hunter tirar a carteira da maleta, colocando-a num dos bolsos da caça.

Ao chegar a Ras Charnah, o capitão mandou que parassem o navio, e lançassem um bote na água, para que Small Hunter pudesse desembarcar. A manobra realizou-se tranqüilamente, e nós seguimos a travessia até o porto de Túnis, onde não me esqueci de enviar a maleta e a bagagem do farsante para o lugar que havia me indicado.

Dentro em pouco, eu, Winnetou e Emery estávamos bem instalados num dos hotéis, e mais tarde fomos até a Kasbah da cidade, para fazermos uma visita ao meu amigo Kruger Bey, com quem precisava falar.

Dando um passeio, cheguei até onde alojava-se o chefe da Guarda do Senhor, observando que o edifício nada havia mudado, desde minha última visita. No vestíbulo estava sentado um veterano sargento da guarda, encarregado de receber os visitantes. Fumava tranqüilamente seu *tschi buk* e, para sua maior comodidade, havia se livrado do sabre, que descansava junto a ele, encostado num banquinho.

Ao ouvir meus passos, nem se dignou a levantar a cabeça, e perguntou-me, sem nem me olhar:

— O que quer?

Eu conhecia bem aquele homem: havia sido um bom amigo meu entre os subalternos, quando não era nada mais que um *oubaselg* (cabo), e agora eu o encontrava muito satisfeito, luzindo seus galões de *tschausch* (sargento). Aquele simpático muçulmano de barbas já grisalhas, devia andar na casa dos cinqüenta anos, mas eu o encontrei tão robusto e conservado como quando me servia de guia para visitar os arredores de Uled Saib.

Seu verdadeiro nome era Salim, mas todo mundo o conhecia por Sallam, devido ao fato desta palavra religiosa estar constantemente em seus lábios, aplicando-a para todos os fins. Depois de observá-lo, e ver que ele continuava fumando, sem nem levantar a cabeça, respondi a sua pergunta:

— O chefe da guarda do Senhor está?

— Não!

E continuou sem olhar-me, mas eu conhecia o procedimento para que o fizesse: fazendo soar em minhas mãos algumas moedas, acrescentei secamente:

— Toma estas moedas e me anuncie, Sallam.

Preguiçosamente, continuou fumando, mas o tom de sua voz havia mudado, quando disse:

— Bom. Visto que Alá deu-lhe tão profundo conhecimento, terei que fazer algo por você. Venham, pois, essas moedas e...

Ao dizer isto, levantou os olhos e ficou mudou. Mas um segundo depois me reconheceu, e levantou-se rapidamente, exclamando:

— Oh, Sallam, Sallam! E mil vezes Sallam... É você? Alegria de meus olhos, consolo de minha alma! Alá o conduziu a nós em momento oportuno! Estamos precisando de você! Permita-me que te abraçe, e diga para guardar este dinheiro!

Abraçou-me fortemente, repetidas vezes, estreitando-me entre aqueles enormes braços, até quase quebrarme as costelas. Eu procurei manifestar a mesma alegria, e dentro em pouco ele desapareceu no corredor, gritando seus "Sallam! Sallam!"

Tive que limpar o rosto e as mãos com um lenço, depois da recepção efusiva que tinha recebido daquele homem que não tomava banho há tempos, e que tinha a barba impregnada de gordura de cordeiro, piorando ainda com o odor daquele largo cachimbo que não saía de sua boca.

Eu já estava impaciente para ver como me receberia o ilustre Kruger Bey, quando uma porta lateral abriu-se bruscamente e o velho Sallam tornou a aparecer, agarrando-me firmemente por um braço e empurrando-me para dentro do aposento, fechando a porta atrás de mim. Encontrei-me assim no *selamlük* do coronel da guarda e frente a frente com tão importante personagem, algo mais envelhecido e encurvado do que da última vez que o havia visto, mas com o mesmo olhar animado, e um rosto franco e resplandecente como sempre.

O chefe da guarda do senhor sorriu, estendeu-me as mãos e me saudou com uma torrente de palavras alemãs que, não entendi:

— Minhas mais calorosas saudações, e a minha mais sincera amizade são para o meu irmão da Alemanha, mesmo que agora eu seja africano.

— Você é tão africano quanto eu, meu bom amigo Kruger; como antes foi chinês, japonês ou polinésio. Como estão as coisas na Tunísia?

— Oh, por favor! Sente-se! — começou ele, mesclando vários idiomas numa confusão total.

Sentei-me em uns almofadões junto a ele, que prosseguiu esforçando-se para falar em alemão o que, segundo ele, seria o mais correto para conversar comigo:

— O velho Sallam vai trazer café, porque você ter certeza que estou muito feliz em você aqui, em Túnis. Quando chegou?

— Não faz muito; acabo de chegar do Egito. Você se recorda de minhas aventuras no deserto argelino?

— Oh sim! Lembro-me bem! Caravana de ladrões, camelos, um inglês explorador famoso, muita surra e seqüestro de menino!

— Certo! Vejo que sua memória está ótima; pois este famoso inglês, Sir Emery Bothwell, está comigo. E será que se recorda do nome do meu amigo, que descrevo sempre em meus livros?

— Fala você de Winnetou?

— Ele mesmo. Também está aqui, esperando-me no hotel.

— Oh! Oh! Sallam! Sallam, como diria meu velho sargento. Eu pensar que...

— Porque não conversamos em árabe? Ficará mais fácil.

— Obrigado! Eu me embrulho com tantos idiomas. Assim fica mais fácil. Pelo menos não cometerei tantos erros — disse ele, rindo muito e já em árabe.

Conversamos em árabe, e em poucas palavras ele me contou a recente sublevação da tribo Uled Ayor, informando-me que no outro dia teria que sair com um destacamento para reprimir a revolta. Lembrei-me da carta que havíamos lido, enderaçada ao falso Small Hunter, em que seu pai o informava que estava saindo para combater justamente este levante, e ao dizer ao chefe da guarda do senhor, que já haviam mandado tropas para resolver esta situação, ele me respondeu:

— Assim foi; mas chegou um emissário, nos informando que o esquadrão do capitão Halaf Ben Vrih encontra-se cercado pelos rebeldes. Teremos que socorrê-los, para que não sejam aniquilados.

— E onde estão agora?

— Nas ruínas de Mudher.

— Eu não conheço este sítio, mas é uma circunstância favorável que não tenham sido rodeados em campo aberto. Destas ruínas será mais fácil resistir.

— O pior é que a tribo dos Uled Ayor podem dispor de mais de três mil guerreiros. Se eles tiverem mobilizado todos os seus homens, este esquadrão está perdido.

Tinha curiosidade em saber o que Kruger Bey pensava sobre o capitão que comandava a tropa sitiada, e diante da minha pergunta, ele respondeu:

— O capitão Halaf Ben Vrih é o oficial mais capaz, dentre todos os que disponho. Creio que é de procedência inglesa, e me disse que serviu no exército egípcio; entrou para o nosso exército e foi promovido rapidamente. Distinguiu-se em vários combates.

— Não duvido que seja um homem valente, mas perguntava sua opinião sobre sua honradez.

— Halaf Ben Vrih é um homem honradíssimo, meu caro amigo. Respondo mil vezes por ele e, não permito que ninguém, nem mesmo você, ataque meu oficial predileto.

Estas palavras foram ditas com severidade e firmeza, o que me bastou para perceber o apreço que o coronel tinha por quem nós sabíamos ser um refinado espertalhão. Decidi que teria que ocultar de Kruger Bey, pelo menos momentaneamente, o que sabíamos sobre Halaf Ben Vrih. Era muito provável que Kruger Bey não nos acreditasse, no primeiro momento, e então o melhor era continuarmos a agir nas sombras, como vínhamos fazendo.

Minutos depois de haver aceitado a hospedagem que meu amigo nos oferecia, ao invés de continuarmos no hotel, aceitei também o seu convite de acompanhá-lo na expedição, porque realmente nos interessava entrar em contato com Halaf Ben Vrih, que estava junto com o autêntico Small Hunter, tal como havíamos nos inteirado na carta que tínhamos lido no barco.

Antes de despedir-me, pedi um cavalo e, ao sair no pátio, já me esperava um soberbo alazão, que o amável chefe da escolta havia ordenado encilhar para mim. Montei no animal e regressei ao hotel, para informar a Winnetou e sir Emery Bothwell que preparassem suas coisas, já que iríamos ser hóspedes de Kruger Bey.

Conversando com meus amigos, também lhes recomendei não dizer nada dos nossos planos ao chefe da escolta. Informei-os também que teria tempo de ir até Zaghuan, informar ao falso Hunter o que eu sabia, como se estivesse cumprindo realmente minha parte no nosso acordo.

— Eu o convidarei a também fazer parte do esquadrão que Kruger Bey mandará para libertar os sitiados. Se conseguirmos chegar a tempo, estou certo de que ao ver-se frente a frente com seu pai, e com o autêntico Small Hunter, ele cometerá alguma falta que delatará seus propósitos.

— Sua idéia não é ruim, mas... Conseguirá convencer este safado a nos acompanhar? — opinou Emery.

— Deixe isto a meus cuidados — repliquei. — Contarei as coisas de tal forma, que ele mesmo me pedirá para que o levemos. Imaginem o espanto desse capitão Halaf Ben Vrih quando me ver, sabendo que reconhecerei nele um impostor. Bom, vou correndo até Zaghuan.

Uma hora mais tarde, chegava ao hotel o velho sargento Sallam, com uma escolta de dez cavaleiros, para buscar Winnetou e Emery, e levá-los à régia residência do velho Kruger Bey, na qualidade de seus convidados.

E enquanto eles cavalgavam até o palácio, eu partia na direção de Zaghuan, em meu soberbo cavalo.

* * *

Uma vez chegado ao povoado de Zaghuan, não me foi muito difícil localizar a casa de Bu Barama, já que este era um comerciante de cavalos muito conhecido.

Bu Barama recebeu-me pessoalmente e, sem convidar-me a desmontar, mandou que entrasse no pátio de sua casa, dividido em várias seções, ocupadas por cavalos destinados à venda. Só então cumprimentou-me à maneira árabe, e com voz humilde perguntou-me:

— Em que posso servi-lo?

— Chegou hoje em sua casa um estrangeiro, que deseja permanecer oculto? — perguntei, sem perder tempo com rodeios.

— Nada sei sobre isso. Quem falou isto ao senhor? — indagou, visivelmente receoso e temeroso ao ver que um amigo de Kruger Bey estava em sua casa, perguntando por alguém que ele mantinha escondido.

— Pode confiar em mim. Conheci este estrangeiro a bordo de um navio, e esta manhã enviei-lhe sua bagagem. Preciso falar com ele.

— Antes diga-me se o seu amigo, o coronel da guarda, sabe aonde o senhor veio.

— Nada lhe disse. Já sei que adivinhou que sou amigo dele, por causa do cavalo. Mas asseguro-lhe, que nada deve recear.

— Muito bem, acompanhe-me.

Eu o segui, pensando numa forma de convencer o falso Small Hunter a me acompanhar até as ruínas de Mudher. Eu o informaria que o capitão Halaf Ben Vrih ainda não havia regressado, já que havia caído em uma emboscada da tribo dos Uled Ayor; isto o inquietaria, e ao saber que meus amigos e eu iríamos nos unir à expedição do coronel Kruger Bey, certamente iria querer nos acompanhar.

Segui o dono da casa, passando por vários aposentos, e finalmente encontrei-me trocando um aperto de mão com o falso Small Hunter que, ao ser informado de toda a situação, perguntou-me:

— Mas... Qual o seu grau de amizade com o coronel da guarda do senhor, para que ele permita que unam-se a seus esquadrões?

— Ao coronel não me une nenhuma amizade — menti, descaradamente. — Mas vou aproveitar-me de um engano dele.

— Um engano? Não compreendo.

— Muito simples: fui procurá-lo, para perguntar sobre o capitão Halaf Ben Vrih, tal como o senhor havia me pedido e então, inesperadamente, o velho coronel da guarda abraçou-me, chamando-me de Kara Ben Nensi.

— E por que?

— Deve ter me confundido com um bom amigo, que há tempos não via. Pelo visto, os dois são conhecidos antigos, e o coronel pensou ser eu este homem.

— E o senhor não pensou em desfazer este equívoco?

— Para que, se me tratou tão amavelmente? Não se esqueça de que sou um comerciante de couros e peles, e vi nisto a oportunidade de fazer um bom negócio.

— Qual?

— Os beduínos tunisianos possuem peles de extraordinário valor, assim como grandes quantidades de couro de cabra e bode. A amizade e a recomendação de Kruger Bey têm grande importância para um comerciante, porque este homem é o braço direito do paxá de Túnis, e isto pode favorecer-me e muito. Assim, decidi não desfazer o equívoco e, se realmente me pareço com seu bom amigo Kara Ben Nensi... para que desenganá-lo? Não é verdade?

— Isso não é muito honrado — disse aquele grande farsante, com enorme cinismo.

— Ora! Não me detenho nestes tipos de escrúpulo. Você deve ir até onde sua ambição o levar. Assim é que, sinto não poder embarcar para a Inglaterra com o senhor, como havíamos planejado.

Fiz uma pequena pausa, para então acrescentar:

— O senhor terá que viajar sozinho até a Inglaterra

e Estados Unidos. Seu amigo, o capitão Halaf Ben Vrih também não poderá ir com o senhor.

Ele levantou-se, cruzando o salão com largas passadas, visivelmente nervoso e agitado. Eu sabia que aquilo destruía completamente seus planos e que a notícia o havia abalado. Por fim, deteve-se e, diante de mim, disse:

— Será que o senhor consegue usar sua influência sobre o coronel Kruger Bey em meu favor?

— Para que, senhor Hunter?

— Para unir-me também a esta expedição de resgate.

— Se ele não perceber que eu não sou seu amigo Kara Ben Nensi, até pode ser. Mas, por mais que este homem e eu nos pareçamos...

— Pode tentar, ao menos?

— De acordo. Mas não compreendo seu interesse, senhor Hunter.

— Já se esqueceu que sou amigo do capitão Halaf Ben Vrih? Se ele está cercado pelos rebeldes, gostaria de poder fazer algo para ajudar.

Colocou rapidamente seu casaco, e conduziu-me até a saída, pedindo ao dono da casa outro cavalo para ele, enquanto eu montava o alazão que pertencia à escolta do coronel Kruger. Não demoramos a nos colocar a galope, tomando o caminho da cidade para chegarmos logo à residência do chefe da escolta.

Ali encontrei meus amigos Winnetou e Emery Bothwell, sentados no salão de Kruger Bey. Os dois últimos conversavam animadamente, contando suas mútuas aventuras, enquanto o apache, que não sabia nada de árabe e quase nada de alemão, via-se obrigado a permanecer calado.

Não me custou muito esforço obter do coronel a permissão para que o falso Hunter nos acompanhasse. No entanto, Kruger impôs uma condição: Hunter iria ter que agregar-se aos soldados rasos. Eu, por meu lado, fiquei extremamente satisfeito com isso, e respondi:

— Prefiro assim. Não me é muito simpático, e além disto, ele ainda acha que eu sou um amigo seu, chamado Kara Ben Nensi.

— Por que? — perguntou o chefe da escolta.

— Eu lhe direi o motivo, na primeira ocasião que tiver. Mas, por agora, gostaria que não desfizesse este engano da parte dele.

— Está bem. Você então será Kara Ben Nensi. Mas espero que não demore a me contar o porque disto tudo. Mas, e se ele me perguntar quem é Winnetou, direi o que?

— Já pensei nisto, coronel. Winnetou é para esse homem um somali chamado Ben Afra.

E depois de resolver este problema, enviei um recado ao falso Hunter, dizendo estar tudo arranjado, e que ele poderia unir-se a nós. A notícia causou-lhe alegria, e no dia seguinte, na hora combinada, encontrou-se conosco na aldeia de Urek, onde nos poríamos em marcha para combater os rebeldes.

# Um Suplício Horrível

## Capítulo Primeiro

O esquadrão iria seguir em cavalos soberbos e resistentes, capazes de cruzarem os desertos típicos do país, e também bem provido de sabre, fuzis, e espadas. Seguindo meus conselhos, o coronel Kruger Bey levou também alguns camelos, que poderiam nos prestar excelentes serviços em determinadas situações.

Também levávamos muitos camelos de carga, que carregavam provisões, munição e barracas de campanha, além de outras bagagens. Cada um deles levava também odres de água, como suplemento da que os homens carregavam.

Ao chegar a hora da partida, o coronel Kruger Bey ordenou que o esquadrão formasse um círculo, e no centro ele ajoelhou-se para rezar a oração devida. E só então demos início à nossa longa viagem.

Seguimos o curso do rio Medscherdah até as ruínas de Tastur, e dali tomamos a rota de Tunkah, Tebursuk e Jauharin. Esta última comarca era povoada pelos Uled Ayor, que sempre haviam sido mais rebeldes que os famosos Uled Azar, tribo da qual também eram inimigos, odiando-se a ponto de provocarem grandes matanças.

Ao chegarmos a esta zona, o mais prudente era tomarmos ainda mais precauções do que as que nos cercavam, pois já estávamos no quarto dia de jornada, e as bases fiéis do paxá de Túnis já estavam distantes. Em razão disso, destacaram-se homens para seguirem à frente, deslocando-se também patrulhas pelos dois flancos. Winnetou, Emery e eu seguíamos na primeira patrulha, abrindo caminho para os restantes.

O horizonte apresentava-se interminável diante de nossos olhos e Emery Bothwell, pegando seus binóculos, perguntou:

— Conhece as ruínas para as quais nos encaminhamos?

— Não muito — respondi.

— De todo jeito, quanto será que ainda nos falta para chegarmos lá?

— Suponho que mais umas quatorze horas.

— Acredita que os soldados do capitão Halaf Ben Vrih ainda estão resistindo?

— Não sei, Emery. Se decidiram entregar-se, os rebeldes já levantaram acampamento há muito tempo. Mas, se resolveram continuar lutando, provavelmente ainda estarão ali.

— É provável que já tenham descoberto o mensageiro que conseguiu escapar.

— Sim, é possível, e já pensei nisso. Se ignoram que um dos soldados conseguiu escapar, estarão descuidados; se souberem que o mensageiro escapou, já deverão saber também que estão enviando reforços, e provavelmente mandaram espiões para os alertar.

— Não seria ruim se também tomássemos esta precaução, não acha? É sempre bom explorar o terreno. E então?

— Acho que fala como um homem experiente, Emery. Você e Winnetou irão pela esquerda, e eu pela direita, formando assim um meio círculo. Tornaremos a nos reunir mais à frente.

Nós três nos separamos da patrulha de soldados que compunham a dianteira da expedição, tomando eu a direção contrária a dos meus amigos, e podendo comprovar que meu magnífico alazão era um animal resistente, que não se cansava facilmente.

O cavalo voava sobre aquele terreno arenoso, ao qual estava tão acostumado. Durante seis quilômetros vigiei atentamente todas as direções, e não consegui descobrir nada de anormal. Já me dispunha a ir reunir-me com meus amigos, quando vi, bem distantes, alguns pontos que se elevavam do solo, tornando a descer.

"Abutres" — pensei quase em voz alta.

Sei, por trágicas experiências, que onde estas sinistras aves estão, certamente uma presa também estará. Assim, galopei até onde estava vendo os abutres. Quando estava a uns quatrocentos metros, pensei ter ouvido uma voz. Não fiz muito caso, porque no deserto são freqüentes todas as classes de alucinações, e não prestei muita atenção nisto.

Foi então que, claramente, chegou até a mim uma voz suplicante:

— *Meded, meded! Ya Alá, ta´al ta´al!* (Socorro, socorro! Meu Deus, ajudem-me, ajudem!)

Era a voz de uma mulher!

Foi então que consegui distinguir um vulto jogado na areia, sobre o qual os abutres avançavam vorazmente. Não muito distante dali, outros abutres voavam sobre uma presa que já acreditavam segura também, mas ao ver-me, começaram a grasnar ameaçadoramente. Ao ouvirem isto, as outras aves afastaram-se também, mantendo uma distância segura, como se esperassem que eu me afastasse para continuarem seu bárbaro festim.

Sim, não havia dúvida. Era uma figura humana. Agora podia ver claramente, e estranhei ouvir uma voz de mulher, que parecia brotar da terra.

— *Betidschi, betidschi! Subham Alá!* (Estão vindo! Estão vindo! Bendito seja Alá!)

Parei meu cavalo perto do lugar de onde saía a voz.

Uma cabeça humana surgia da areia!

Por um momento, não consegui distinguir se pertencia a um homem ou a uma mulher, pois a cabeça estava coberta por um lenço azul. Diante da cabeça estava estendido um menino, com os olhos fechados e imóvel, coberto por uma camisa, não tendo mais que um ano.

E a uns dez passos de distância, estava o corpo de um homem, estendido na areia.

Era aquele um dos quadros mais horríveis que meus olhos já tinham podido presenciar, em toda a minha vida aventureira. Desmontei, para inclinar-me para a cabeça que saía da areia, vendo que estava desmaiada, depois do esforço para gritar.

De certo modo, alegrei-me com este desmaio, pensando que assim poderia ajudá-la mais facilmente. Por um momento não me preocupei mais com menino nem com o cadáver, pois tinha mais pressa em ajudar a pessoa enterrada.

Desatei o lenço que cobria a sua cabeça, e uma linda cabeleira feminina confirmou-me o que já imaginava. Mas, como iria desenterrá-la, se eu não tinha comigo nenhuma ferramenta para isto? Só podia me servir de minhas mãos, e a areia estava fortemente compactada ao redor dela. Não obstante, insisti, até que cheguei a uma camada de areia mais mole. Para a sorte dela, a vítima estava sentada; para enterrá-la de pé, certamente teria sido necessário muito mais esforço, e este trabalho deve ter parecido excessivo para os infames que haviam feito tal barbaridade.

Quando por fim consegui deitá-la no chão, um movimento de suas pálpebras me fez ver que ela já recobrava os sentidos. Estava vestida com uma longa camisa, à moda das beduínas pobres. Mas seu rosto já estava mais desinchado, e pude ver que ela não tinha mais que vinte anos, seu pulso batia, lentamente, anunciando o pior.

Mas eu respirei satisfeito.

Acabava de salvar uma vida humana!

## Capítulo II

Quando depois de ajudar a mulher aproximei-me do menino, pude comprovar que ele também não estava morto. A sensação vivificante da água que derramei em seus lábios ressecados e rosto, o fez abrir os olhinhos, mas no mesmo instante pude ver que o menino não podia me ver.

Era cego!

Uma pele branca cobria suas pupilas e foi-me doloroso ver aqueles olhos sem vida, tornando a fecharem-se para dormir novamente, completamente esgotado.

Os abutres haviam se aproximado novamente, e revoluteavam furiosos sobre o cadáver. Disparei várias vezes com meu rifle, furioso, disposto a castigar sua voracidade com minhas balas. Três aves caíram, e o resto voou, soltando grasnidos que aumentaram ainda mais a desolação daquele ambiente, onde a morte estivera rondando.

O ruído dos disparos despertou a mulher que, ao erguer-se, queria aproximar-se do menino imediatamente. Mas ela não tinha forças nem para arrastar-se pela areia, e então, estendendo os braços, rogou-me num fio de voz:

— *Meledí, meledí! Ya Alá meledí!* (Meu filho, meu filho! Meu Deus, meu filho!)

Seu olhar encontrou-se com o cadáver, fazendo-a soltar um triste gemido, como se fosse uma fera acuada. Não havia me visto ainda, mas quando me aproximei com seu filho, no mesmo instante apertou-me entre seus braços, dizendo:

— Oh! Você é um enviado de Alá! Deve ser um enviado de Alá! É tão alto! Tão forte e bondoso!

Mas aos poucos, sua voz tornou-se receosa, para então indagar em um árabe mal pronunciado:

— Quem é? A que tribo pertence? É um dos guerreiros dos Uled Azar?

— Não — respondi calmamente, para não assustá-la mais. — Nada tema. Não pertenço a nenhuma das tribos deste território, porque sou estrangeiro. Está muito fraca, e não deve fazer esforço algum. Quer mais água?

— Oh, sim! Dê-me água! Mais água! — tornou a suplicar, enquanto com a mão acariciava o menino.

Bebeu com o afã de um animal sedento, até que eu, para evitar males maiores, tomei-lhe o odre. Seus olhos me encararam, reprovando mudamente meu gesto, mas eu tive firmeza o bastante para não fazer caso de seu olhar acusador. Ela voltou então a olhar o cadáver do homem novamente, pondo-se a chorar desconsoladamente.

Não havia jeito de acalmá-la, mesmo porque não conseguia manejar bem palavras afetuosas em árabe. Contudo, sei que as lágrimas servem de válvula de escape, principalmente para as mulheres, e assim deixei-a chorar livremente, e aproximei-me do cadáver.

Pude ver que o haviam morto a tiros. O chão não apresentava pegadas, certamente porque o vento já as havia apagado. Isto bastava para saber que o crime não havia sido cometido naquele dia mesmo.

Enquanto observava isto, a mulher tranqüilizou-se um pouco, e aproximando-me novamente dela, perguntei, apontando o cadáver:

— Era seu marido?

— Não, era um ancião, o melhor amigo de meu pai. Acompanhava-me até Nablumah, onde íamos rezar.

— Refere-se às ruínas de Nablumah, onde dizem estar enterrado um santo que chamam Marabu?

— Sim, ele é milagroso e quando Alá concedeu-me este filho, ele veio cego ao mundo. Por isso disseram-me que, fazendo uma peregrinação à sepultura do santo Marabu, ele recobraria a luz dos olhos. O ancião que me acompanhava havia perdido a visão de um dos olhos, e também esperava curar-se em Nablumah; por este motivo, meu senhor (marido), me permitiu viajar com ele.

— Mas seu caminho atravessava o deserto dos Uled Azar, e você pertence à tribo dos Uled Ayor, não é verdade?

— Sim.

— Por que então fez este caminho, sabendo que estas tribos são inimigas mortais?

— Creio em milagres, e o menino necessita de luz em seus olhos.

— Então, devia ter pedido que alguém a acompanhasse, e não um pobre velho.

— E quem iria nos acompanhar? Somos muito pobres e não temos ninguém que nos proteja.

— Seu marido, seu irmão ou seu pai.

— Não podiam; está havendo guerra contra as tropas do paxá, e eles teriam sido considerados traidores se tivessem se afastado do combate.

— E quando os Uled Azar te atacaram?

— Há dois dias. Mataram o velho, e me enterraram perto. Se meu menino não fosse cego, o teriam matado também, por ser varão.

Fiquei horrorizado ao pensar nas torturas que aquela mulher havia sofrido. Tinha a voz rouca de tanto gritar, não para pedir auxílio, mas para evitar que os abutres tentassem devorar a ela e a seu filho. E era o que teria acontecido, se eu não tivesse chegado a tempo.

Ela cobria o menino de beijos e, para consolá-la, disse:

— Acalme-se, boa mulher. Alá lhe submeteu a duras provas, mas seus sofrimentos terminaram. Logo estará de volta à sua casa, com seu filho, e os seus familiares a receberão com amor e alegria. Será que você consegue montar em meu cavalo? Eu a puxarei.

— Parece-me que não. O menino certamente irá cair de meus braços.

— Eu o levarei, mas agora vou lhe dar tâmaras e algum alimento, para que reponha as forças. Enquanto come, vou enterrar o cadáver.

— Meu esposo lhe será muito grato, por tudo o que está fazendo por nós.

— E onde está seu marido?

— Entre os que combatem os soldados do paxá. Alá conserve sua vida!

Não quis continuar a enganá-la, e disse-lhe que eu era amigo do coronel Kruger Bey. A boa mulher voltou a assustar-se, olhando-me incredulamente, exclamando com assombro:

— Você é... você é inimigo nosso?

— Não sou inimigo de ninguém — respondi. — Muito menos de uma mulher e um menino desvalidos.

— Mas os soldados do paxá são nossos algozes! E você diz ser amigo de Kruger Bey!

— Não se preocupe com isso, boa mulher. Deve vir comigo e...

Interrompi-me ao ver que dois cavaleiros aproximavam-se, e reconheci Winnetou e Emery, à medida que se aproximavam. A mulher apertou o menino mais fortemente em seus braços, e tentou até mesmo sair correndo, o que não conseguiu, por causa de sua extrema fraqueza. Caiu na areia a poucos passos, mas gritando invadida pelo terror que a havia acompanhado durante os dois últimos dias:

— Não! Diga-lhes que não me matem! Por Alá! Você foi bom comigo! Salvou a mim e a meu filho! Diga-lhes que não me matem!

— Não tenha medo; são meus amigos, que estavam me procurando por causa da minha ausência tão longa. Eles a protegerão, assim como eu. São estrangeiros também, e nenhum deles pertence à tribo dos Uled Azar.

Quando Winnetou e Emery chegaram, contei-lhes o sucedido e, ao terminar, sir Emery Bothwell, desmontando, disse horrorizado:

— Que suplício espantoso deve ter sofrido esta pobre mulher! Estes Uled Azar são uns selvagens.

— As duas tribos sempre odiaram-se mortalmente — esclareci. — Deus queira que não tropecemos com nenhum deles.

Mas meu desejo não se cumpriria, porque Winnetou, com sua visão penetrante, distinguiu no distante horizonte uns pontinhos negros, que se aproximavam rapidamente de onde estávamos:

— Pois creio que não escaparemos de um confronto... Vejam!

## Capítulo III

O pelotão de beduínos que percorria o deserto aproximava-se mais e mais. Montavam cavalos negros e traziam roupas completamente brancas, motivo pelo qual suas figuras logo se tornaram distintas, e a aterrada mulher os reconheceu, murmurando:

— Oh! Alá nos proteja! Estamos perdidos se não fugirmos! São da tribo dos Uled Azar!

— Tentarmos fugir seria pior — opinei, procurando a aprovação ou não de meus amigos.

— Mão-de-Ferro disse bem — aprovou Winnetou. — Um chefe apache não cede terreno diante desta gentalha.

— O pior é que são pelo menos dez a mais que nós — disse por sua vez Emery.

— Contamos com nossas armas — recordei-lhe. — Se for o caso, poderemos disparar sobre os cavalos.

Winnetou preparou seu famoso rifle de prata, que tantos triunfos lhe havia proporcionado nas pradarias americanas, tocando também sua faca e seu temível *tomahawk* índio. Parecia pronto para o combate. Disse então, entredentes, sem tirar os olhos dos inimigos que se aproximavam:

— Este será o primeiro combate de Winnetou no deserto africano.

Pensei, ao ver os beduínos, que eles estavam voltando para ver se sua vítima estava morta, mas agora mostravam-se cuidadosos ao verem ali três homens armados, esperando-os ao lado da mulher, que optou por refugiar-se, medrosa, perto dos cavalos. Para sua sorte, os animais permaneciam quietos, totalmente alheios ao perigo que se avizinhava e aos problemas dos seres humanos.

Eu ocupava o centro do grupo, estando Emery à minha direita, distante uns cinco passos; Winnetou estava à minha esquerda, quase à mesma distância, com os músculos todos tensionados, devido à concentração. Formávamos uma linha reta, estando os cavalos atrás de nós. Os cavaleiros beduínos estavam armados com grandes fuzis, exceto dois deles, que traziam espadas, e estavam muito bem montados, um deles trazendo uma comprida barba negra que brilhava ao sol, como se estivesse azeitada.

O beduíno com barba adiantou-se à seus companheiros, e levantando a voz, disse:

— *Sallam aalukum iohvani!* (A paz esteja convosco, irmãos!)

— *Sallam* — respondi eu, abreviando a saudação.

— *Ke fahhatak?* (Como está?)

Conheço bem os beduínos árabes e sei que são capazes de ficarem trocando saudações e cumprimentos durante mais de meia-hora, ainda que pouco depois matem-se uns aos outros, por isto, tratei de abreviar ainda mais a conversa, perguntando-lhe bruscamente:

— *Ente es boddak? Minhua?* (Quem é você? O que deseja?)

Sabia que fazer uma coisa assim era atropelar todas as regras de educação daquela gente, e assim o entendeu o beduíno de barba negra, porque levantando a mão, irado, disse em seu idioma:

— Como se atreve a fazer tais perguntas? Está vindo do fim do mundo, e por isso não sabe responder a uma saudação? Pois saiba que me chamo Farad el Arsvad e sou o chefe supremo dos Uled Azar, a quem pertence o terreno que pisa. Colocou seus pés sobre nossas terras sem pedir permissão, e terá que pagar por isso.

— Muito bem. E quanto pede por isso? Seja razoável...

— Cem moedas tunisianas e sessenta karabun por pessoa.

Fiz um cálculo mental, chegando à conclusão que aquilo daria a soma de uns cinqüenta marcos alemães por cada um, o que era um preço bastante abusivo.

— Se quiser este dinheiro... Venha buscá-lo você mesmo! — repliquei, levantando meu rifle e deixando-o bem à mostra.

Aquilo era o mesmo que ter-lhe dito que não lhe daríamos nada, e com grande indignação o chefe dos Uled Azar insultou-me:

— Sua boca é maior que a de um hipopótamo! Mas seu cérebro é menor que o de uma lagartixa suja. Qual é o seu nome, e como se chamam seus companheiros? O que procura aqui? Qual a sua profissão, e qual o nome de seus pais, se é que os tiveram?

Segundo os costumes do país, sua última pergunta encerrava o pior insulto que um homem podia suportar. Era uma grande ofensa, e então respondi no mesmo teor:

— Parece que esfregou na língua os excrementos de seus bois e camelos, para poder pronunciar tão hediondas palavras. Eu sou Kara Ben Nensi, natural da Alemanha; meu amigo da direita é o famoso explorador Bothwell Bey, nascido no país chamado Inglaterra, e o

herói que tenho à minha esquerda é nada menos que o invencível Winnetou, chefe de todas as tribos apache no distante país da bela América. E já sabem que costumamos mandar chumbo nos assassinos, e não é por dinheiro.

— Seu cérebro é menor do que eu acreditava. Não vê que somos catorze bravos guerreiros e vocês são apenas três? Posso abaixar meu braço e ordenar que os matem!

— Experimente, se é tão valente como diz! — repliquei no mesmo instante. — Minhas balas o exterminarão.

Aqueles homens soltaram uma ruidosa gargalhada, e seu chefe, coçando a barba, disse divertindo-se:

— Ouviram este cão ladrar?

— Por ter-me chamado de cachorro, terei que castigá-lo, antes que chegue a hora de sua oração noturna — avisei. — São uns assassinos, mataram este pobre velho, cujos restos ainda nem tive tempo de enterrar!

— Não foi assassinato! Foi vingança!

— Pior então! O que me diz sobre enterrar esta pobre mulher? São uns covardes, que atacam um velho e uma mulher, incapazes de se defenderem. São nossos prisioneiros! Se tentarem fugir, asseguro-lhes que nenhum escapará com vida.

As gargalhadas aumentaram e o chefe dos beduínos voltou-se para os seus comandados, dizendo:

— O cão quer nos assustar. Ameaça-nos com balas, como se nós também não tivéssemos fuzis! Disparem!

Apontou seu fuzil em nossa direção, no que foi seguido por seus homens; mas antes que eles disparassem, meu rifle Henry de repetição entrou em funcionamento, e três gritos de dor foram ouvidos.

O chefe dos beduínos voltou-se para trás. Não parecia compreender como alguém podia ter disparado tão veloz e certeiramente, com uma arma que não necessitava ser recarregada a cada disparo, assim como as suas.

Antes que pudessem recompor-se da surpresa, tornei a gritar:

— Desmontem e entreguem-se. Ou vão morrer todos!

— Ainda somos mais numerosos que vocês! — gritou o chefe, irritadíssimo.

— Muito bem, mas antes quero lhe mostrar uma coisa. Crave sua espada no chão e desmonte. Vai ver algo que o convencerá de que falo sério.

Nada custava para ele fazer o que eu pedia, e assim fez, cravando sua espada sobre a areia do deserto e afastando-se de seu grupo, que cuidava de socorrer os cavaleiros feridos.

Apontei com cuidado, e fazendo correr com um dedo depois de cada disparo, a roda móvel de cartuchos que havia no mecanismo do famoso rifle "Henry" de repetição, que em outras latitudes já me havia trazido muitos triunfos. Todos os olhos estavam fixos em mim, para ver se eu realmente não recarregava minha arma. Ao chegar ao décimo cartucho, encerrei a demonstração, e ao levantar o rifle, como um só homem, os beduínos correram rapidamente até à espada cravada no solo.

As balas a haviam atravessado, cada disparo a uma distância milimétrica do outro. Aos olhos daqueles bárbaros, eu havia me convertido num feiticeiro.

Mas, um feiticeiro maléfico para eles, e isto podia resultar fatal!

Antes que saíssem de seu assombro, gritei:

— Tirem esta espada e a enterrem novamente, mas cento e cinqüenta passos mais distante! Apesar da distância, vou parti-la em duas com minhas balas.

Tal afirmação pareceu-lhes excessiva, inverossímil. O dono da espada que eu já havia perfurado dez vezes com minhas balas, no entanto, fez o que eu pedia. Eu já havia demonstrado que podia disparar muitas balas em poucos segundos, agora ia demonstrar o alcance de meu rifle.

De onde estava, flanqueado por Winnetou e Emery, que permaneciam alertas com suas armas, a espada cravada naquela distância apresentava o aspecto de uma cana. Eu sabia que aquele era um disparo arriscado, mas confiava em minha pontaria e em meu excelente rifle "Henry", fabricado especialmente para mim por um bom amigo. Levantei a pesada arma e apontei cuidadosamente. Os dois estampidos retumbaram no deserto. E dois terços da espada voaram pelo ar, permanecendo a outra parte firmemente cravada no solo.

Quando um dos guerreiros dos Uled Azar aproximou-se do pedaço da espada, logo o mostrou aos companheiros, que mudaram de atitude radicalmente. Já não mais gargalhavam e faziam piadas; nem sequer sorriam, e o chefe voltou-se irritado para nós, gritando:

— Conta com a ajuda do diabo! Isso é uma arma que dispara sem necessidade de ser carregada, e suas balas voam a uma distância dez vezes maior que as nossas.

— Sabe quanto tempo precisei para disparar essas dez balas? — perguntei-lhe.

— O que demora o coração para bater dez vezes — respondeu.

— Pois antes que seus corações batam quatorze vezes, os haverei morto com outros tantos disparos. O que diz agora?

— Por Alá! Será capaz de disparar contra nós?

— Sim! E os partirei em dois como fiz com esta espada!

De onde estávamos, pudemos vê-lo agrupar-se com o restante do grupo, gesticulando como se estivessem trocando opiniões.

Mas eu já sabia que aquela batalha estava ganha.

Só tínhamos que esperar, porque o medo de perder a vida é sempre grande, seja entre ferozes beduínos do deserto ou qualquer outra classe de homens.

* * *

De repente, um disparo retumbou próximo a mim, colocando-me imediatamente em alerta.

Mas havia sido meu bom amigo Emery Bothwell que, com a rapidez de um raio, havia disparado seu rifle contra um dos Uled Azar que, oculto entre seus companheiros que conferenciavam, havia sacado a bolsa de munições e o chifre de pólvora, enchendo seu fuzil sem ser visto.

E aquele ato traiçoeiro foi respondido com chumbo, acertando Emery em seu braço esquerdo.

Agora era a nossa hora de rir, e eu lhes gritei:

— Isso é o que acontece com os traidores covardes, que desejam nos surpreender! Já vimos que não são dignos de que os tomemos como prisioneiros, pois não merecem viver. Bastarão apenas algumas balas de meu rifle mágico para...

— Não, por Alá! Espere! Espere! — gritou-me o chefe dos beduínos, aterrado ao ver-me levantar o rifle.

— O que Alá deseja, acontece! — disse ele ao ver que eu suspendia o movimento com rifle. — O que Alá não deseja, não acontece!

Ele foi o primeiro a entregar suas armas a Winnetou, no que foi seguido por seus cabisbaixos companheiros, tristes e silenciosos. Com um gesto chamei a assustada mulher que estava próxima aos cavalos, presenciando toda a cena, e ordenei:

— Já sabe o que estes malvados fizeram com você e com seu filho. Corte tiras largas da roupa deste homem e com elas ate as mãos dele nas costas. Fará isto com todos. Eles são seus prisioneiros!

— Não perca tempo com eles! — gritou a mulher, iradamente — São todos uns assassinos covardes!

— Faça o que eu lhe disse, e esqueça por agora o seu ódio, mulher.

E ela assim o fez, mas ao chegar ao quarto prisioneiro, ele chutou-a, gritando encolerizado:

— Nenhuma mulher imunda vai amarrar minhas mãos!

Mais veloz que ele, e empregando toda a sua enorme força, Winnetou, que permanecia atento a tudo, deu-lhe um forte puxão, fazendo o beduíno voar pelos ares, como se não pesasse nada. Caiu de bruços sobre a areia do deserto, e ali ficou como um sapo, sem ousar levantar-se.

O chefe dos apaches avançou lentamente até ele, em grandes passadas, mas sem poder dizer-lhe uma só palavra, pois ele ignorava completamente o que aqueles homens diziam.

A partir de então, em silêncio e com os semblantes sombrios, todos submeteram-se docilmente, deixando-se amarrarem pela mulher. O fatalismo oriental também nos ajudava. Para eles, aquela era a vontade de Alá.

Estava escrito no grande livro da vida, e se o seu deus assim o queria, para que ir contra o destino?

# O Preço do Sangue

## Capítulo Primeiro

Aquilo representava um grande triunfo para nós. Nós éramos somente três, e havíamos preso catorze beduínos, montados e armados. E isto sem chegar a lutar.

Quando estavam todos bem amarrados, e sentados na areia, Emery puxou-me para um lado, e disse:

— Como vamos transportá-los?

— Não será muito difícil; cada um deles puxará seu cavalo, atando as rédeas nas mãos. O homem irá na frente, e o cavalo seguirá atrás.

— Bem, então vamos andando! Só temos uma hora e meia de luz. Antes que a noite chegue, creio que ainda conseguiremos alcançar o *warr*.

— *Warr*? — estranhei. — Que *warr*, Emery?

— Pouco antes de sair à sua busca, disse o guia que chegaríamos a um *warr*, que devemos atravessar amanhã. E Kruger Bey já decidiu que vamos acampar por ali esta noite.

— Sabe o caminho?

— Se caminharmos rumo ao oeste, chegaremos sem dificuldade.

*Warr* é o nome que os beduínos dão aos blocos de pedra que aparecem no deserto. *Sahar* para eles são os desertos arenosos; *seri* os pedregosos e *dschebal* são os que têm terreno montanhoso. Se o deserto é habitável, dá-se o nome de *fiafi*, e se não o é, chama-se *kkala*. Quando está coberto de algum tipo de vegetação, leva o nome de *haitia*.

Emery chamava de guia o soldado que havia conseguido escapar do cerco dos Uled Ayor, e chegado à Túnis como mensageiro dos soldados sitiados do capitão Halaf Ben Vrih. Este feito havia lhe valido o grau de sargento, porque o coronel Kruger Bey resolvera compensar os serviços daquele homem valente, que estava nos levando ao local onde os soldados estavam lutando contra os inimigos.

A mulher que eu havia salvo, Elalheh, teve que ser convencida a cuidar e amarrar os beduínos rebeldes que tínhamos ferido. A pobre mulher parecia ter esquecido todos os seus temores ao ver que seus inimigos mortais tinham sido capturados.

O sol não havia ainda alcançado o horizonte quando, em nossa marcha, começamos a ver grandes pedras espalhadas pela areia. Começava o *warr*, e a medida que avançávamos, maiores e mais numerosas as pedras apresentavam-se.

Avançar de noite por semelhante terreno é bastante perigoso, o que explicava a decisão do coronel Kruger Bey de acampar quase à entrada daquele *warr*. Logo distinguimos o acampamento de nossos amigos, e ao verem que chegávamos com uma longa fila de prisioneiros, a surpresa dos soldados não teve limites, ainda mais quando souberam de todos os incidentes.

Era natural que informássemos o chefe da expedição, e Kruger Bey nos ouviu atentamente.

— Vocês foram muito heróicos — disse-nos. — Mas a captura destes beduínos pode nos trazer complicações.

— Perdoe-me, mas não concordo, coronel — repliquei. — Os Aled Ayor negaram-se a pagar a contribuição e eu pergunto a você, como esta contribuição é arrecadada?

— Contam-se as cabeças de cada tribo e paga-se o equivalente em camelos, cavalos, cordeiros ou outros animais.

— Em outras, palavras, paga-se com a criação, não é assim?

— A maioria das vezes, sim.

— Essa mulher que salvei da morte certa, coronel, me disse que a primavera foi ruim, porque houve seca e morreram muitos animais. Os rebanhos definharam e os muito ricos ficaram pobres, e os pobres se viram obrigados a mendigar. Sabe que estes beduínos, se não roubam, não têm outros recursos senão suas criações, e ao verem-se privados disso, seus meios de vida cessam. Eles esperavam que, por causa desta seca calamitosa, o soberano da Tunísia viesse a lhes perdoar os impostos, ou pelo menos reduzi-los este ano. Essa mulher me disse que sua tribo enviou várias petições, sem no entanto conseguir o que pretendiam. Com seus rebanhos dizimados, deviam pagar a contribuição como sempre, e isso os reduziria à mais completa miséria. Aí tem o motivo do levante, coronel.

— O que aconteceu, meu amigo? Está os defendendo?

— Só comentando os fatos, Kruger Bey. O certo é que agora nós viemos fazê-los pagar a contribuição por meio da força. Se não fosse a seca, eles teriam pago como fazem todos os anos, mas...

— Sua opinião e a minha não contam, meu amigo — respondeu-me o chefe da guarda do senhor. — É o que o soberano de Túnis deseja, e cabe a mim apenas obedecer.

— Mas note que eles não poderão pagar, sem ficarem na mais completa indigência. Isso fará com que eles resistam até o último homem. Os Uled Ayor têm o dobro do número de guerreiros que nós, e se nos vencerem, seria uma vergonha para as tropas do soberano, além do que faria com que outras tribos também se rebelassem, seguindo o exemplo dos Uled Ayor.

— Mas eles não nos vencerão! Meus soldados são valentes e treinados na luta contra essa horda de selvagens. Morreremos todos, mas não perderemos a luta, se for necessário.

— Isso é heroísmo, mas não adianta nada. Se você me permite, coronel...

— Permito, meu amigo. Sei que nenhum mal conselho chega a meus ouvidos partindo de seus lábios.

— Bem, já que me deu permissão, lhe darei um bom conselho. Creio que tenho um modo dos Uled Ayor pagarem sua contribuição, sem contudo, empobrecerem.

— E como você conseguirá este milagre?

— Não será milagre, coronel; cobre a contribuição aos Uled Azar. São muito mais ricos que os Uled Ayor, e podem agüentar uma perda com muito mais facilidade, sem caírem na miséria. Quando capturei estes catorze prisioneiros com seu *sehich* na frente deles, como supremo chefe de sua tribo, duas coisas me passaram pela mente. Por uma parte, queria castigá-los por terem assassinado a um velho, e submetido uma mulher e seu filhinho a um suplício tão terrível. Por outro lado, a captura deles nos proporcionaria um trunfo que pode decidir a partida que jogamos contra os Uled Ayor.

— Não compreendi totalmente — disse o coronel.

— Isto nos permitirá cobrar a contribuição, ao mesmo tempo reconciliando esta tribo com o paxá, sem que os soldados do soberano tenham que disparar um só tiro.

— Repito, se conseguir isto, terá conseguido um milagre.

— Pois continuo com minhas explicações, coronel; essas duas tribos se odeiam, e por isso entre eles são comuns vinganças sangrentas. Não me será difícil saber, com certeza, quantos assassinatos os Uled Azar já cometeram, em tempos não muito distantes. Teriam que pagar o preço do sangue derramado, e assim o farão.

— Como?

— Esquece que temos seu *sehich* em nossas mãos? O chefe supremo dos Uled Azar?

Os olhos do velho militar começaram a brilhar, e disse:

— Já não reclamo mais o fato de terem prendido estes homens. Quer que mande trazer o chefe dessa tribo?

— Era exatamente o que eu ia pedir, mesmo porque tenho que acertar assuntos pessoais com ele.

— Assuntos pessoais?

— Sim, coronel; ele insultou-me várias vezes, chamando-me de cão, lagartixa e outras coisas mais. Seria com gosto que eu lhe daria uma boa surra!

— Uma surra? Não sabe que um beduíno limpa os golpes que recebe com sangue, e que sua vingança só seria paga com a vida?

— Eu sei, mas seus costumes não me importam. Desejo castigá-lo por tudo o que fez com esta pobre mulher e seu filho. O assassinato do velho, cometido por conta de vingança, não me diz respeito, mesmo porque não sou juiz para julgar nada; mas eu vi esta pobre criatura cega, jogada na areia junto à pobre mãe, enterrada viva, e isso não se esquece e não se perdoa. Prometi ao chefe dos Uled Azar que ele receberia seu castigo antes da hora da sua oração, e gosto de cumprir o que prometi. Isto se você me permitir.

— Não só permito, como também considero necessário este castigo.

Ordenou a seus soldados que trouxessem o prisioneiro. Sentou-se então diante de sua tenda, tendo Winnetou e Emery ao seu lado, em postos de honra.

Os oficiais formaram um semicírculo diante de nós e a tropa, entre a qual estava o falso Small Hunter, também reuniu-se, ao saber que seu chefe dispunha-se a interrogar os prisioneiros, que foram levados à presença de Kruger Bey.

Mais tarde fiquei sabendo que o chefe dos Uled Azar conhecia pessoalmente o chefe da guarda do Senhor, mas saudou-o apenas com uma leve inclinação de cabeça, porque seu orgulho não lhe permitia falar como prisioneiro. Os beduínos são extremamente orgulhosos, sobretudo com os soldados e servidores do paxá; mas aquele bateu de frente com o gênio vivaz de Kruger Bey, que lhe gritou:

— Levanta a cabeça, se quiser, e olhe para o céu! Eu a farei abaixar-se!

## Capítulo II

Quando o chefe dos Uled Azar parou no meio do círculo, o coronel chefe da tropa voltou a falar, perguntando-lhe soberbamente:

— Que é você?

— Já me conhece, e sabe muito bem que eu sou! — contestou acremente o *sehich*.

— Pensei conhecê-lo, mas sua saudação tão altaneira demonstrou que eu me equivocava. Ou você é por acaso o sultão de Istambul, o califa de todos os crentes?

— Não; sou Farol el Aasward, chefe supremo dos Uled azar.

— Alá me abra os olhos para te conhecer! Assim, pois, é um Azar, um mísero Azar. E só por isso tem o pescoço tão duro para cumprimentar o chefe da guarda do senhor? Pois eu farei dobrar até mesmo sua espinha!

— Sou um beduíno livre!

— Não é mais que um vil assassino!

— Não sou assassino, mas um vingador. E ninguém tem o direito de humilhar-me! Pagamos os tributos ao paxá, e ninguém pode meter-se em nossos costumes, nem nas disputas que temos com outras tribos!

— Eu represento a sagrada pessoa do paxá de Túnis. Por isso, deve-me obediência e respeito. Eu o porei a vinte passos de distância, e o farei avançar dali, o que corresponde à minha categoria. Ou prefere o castigo do chicote para inclinar-se diante de mim?

— Não se atreveria a me tocar! Digo-lhe que os beduínos são homens livres! — replicou, sem ceder, o altivo prisioneiro.

— No deserto pode ser livre, mas não quando está diante do paxá ou de mim. Não esqueça que onde eu ponho os pés, a única lei a reger é a do soberano de Túnis. E aquele que não a obedecer, será castigado no ato!

Todos os prisioneiros nômades compreenderam que o que o coronel falava era muito sério, e que ele cumpriria suas ameaças. Foram então colocados a vinte passos de distância e voltaram a avançar, mas inclinando-se profundamente e levando a mão direita ao estômago, à boca e então à frente, como era costume árabe.

— *Aulik ex sallam* — respondeu muito sério o coronel. Agora diga, porque os encontro aqui?

— Estes estrangeiros nos trouxeram à força, por havermos dado um castigo justo à uma mulher da tribo dos Uled Ayor, com quem estamos em guerra — disse o chefe dos Uled Azar.

— E não os envergonha que três homens apenas tenham obrigado catorze beduínos livres a virem ao meu acampamento?

— Eles têm um pacto com o diabo. Possuem armas misteriosas e muito rápidas, que não precisam ser carregadas e que nunca esgotam a munição.

— Por que estão em guerra com os Uled Ayor, e desde quando?

— Fazem dois anos; eles atacaram nossos acampamentos.

— Para quem, até agora, tem sido mais favorável a vingança de sangue; para eles, ou para vocês?

— Para nós! — disse o chefe dos Uled Azar, com orgulho.

— Quantos guerreiros Ayor já mataram?

— Catorze!

Eu estava certo de que o coronel, seguindo meu conselho, tentava obter algo com esta sua aparente amabilidade. E não me enganei, ao ouvir o tom áspero de sua voz, dizendo:

— Vai pagar muito caro pelos seus crimes, pois o entregarei aos Uled Ayor!

— Não, por Alá! Não pode fazer isso! — exclamou, visivelmente aterrado, o *sehich*. — Esqueceu que agora eles também são seus inimigos?

— Se eu o entregar a eles, ganharei a sua amizade.

— Mas eles nos matarão sem piedade!

— Não; podem exigir o *Digeh* (preço do sangue). Uns quantos cavalos, camelos e cordeiros, isso lhes será muito mais útil que seu cadáver e seu sangue.

— Pior para você se fizer assim. Assim que conseguirmos nossa liberdade, nos vingaremos de você, sua raposa velha.

O coronel franziu o rosto diante deste insulto, mas conteve sua ira e voltando-se para mim, perguntou:

— Qual é sua opinião sobre este assunto, *effendi* (amigo)?

Antes de responder, pensei um pouco, recordando os costumes daquela gente. Segundo o costume, os beduínos calculam o preço do sangue na proporção da fortuna de quem foi morto. Devido a isto, era quase certo que o preço que os Uled Ayor receberiam por seus homens mortos não equivaleria ao que eles necessitariam para pagar a contribuição determinada pelo paxá. Kruger Bey também devia saber disso, por isso a pergunta, para ver se eu conseguia encontrar alguma solução satisfatória para este assunto. Assim é que respondi:

— O senhor se propõe a negociar com os Uled Azar sobre a entrega dos prisioneiros? Se é assim, peço que me conceda a honra de dirigir as negociações.

— Então eu lhe concedo esta honra, *effendi*.

— Asseguro que o chefe dos Azar terá de pagar muito mais do que imagina. Esse homem chamou-me de cão e lagartixa; mas eu conheço o Alcorão e suas diversas interpretações, muito melhor do que ele. Eu lhe demonstrarei, ao mesmo tempo castigando suas ofensas e insultos, que sei coordenar as condições para a entrega dos prisioneiros e taxar o preço do sangue, sem afastarme nem um pouco do Alcorão e seus comentários.

Sorrindo desdenhosamente, o *sehich* disse:

— Um *nemsi*, um infiel, um cristão, como tem a ousadia de querer conhecer o Alcorão melhor que um beduíno, e taxar o preço do sangue de acordo com o Livro Santo?

— Isso mesmo. Sabe o que dizem as interpretações do Alcorão sobre o *Digeh*? — perguntei rapidamente.

— O Alcorão nada diz sobre isto.

— Está equivocado! E vou corrigir sua imperdoável ignorância. Escuta isto atentamente. Abd el Mattaleb, o pai do pai do Profeta, prometeu à Divindade que, se ele lhe desse dez filhos, sacrificaria um deles em sua honra. Seus desejos foram atendidos e, para ser fiel à sua promessa, tirou a sorte entre seus filhos, para saber qual deles seria sacrificado. A sorte designou Abd Alá, aquele que seria o pai do Profeta...

Todos escutavam-me atentamente, e eu prossegui:

— Abd el Mattaleb pegou o menino e saiu com ele da cidade da Meca, para sacrificá-lo. Mas seus vizinhos, que sabiam de seus propósitos, o seguiram e conseguiram alcançá-lo já fora da cidade, dizendo-lhe o quão cruel e criminoso era matar o próprio filho. Nada conseguiram, e o coração de Abd el Mattaleb não se comoveu, continuando ele disposto a cumprir sua promessa. Mas um de seus vizinhos, mais obstinado que os outros, adiantou-se, dizendo que antes de matar o menino, Mattaleb devia consultar uma feiticeira, o que ele acabou por concordar. Procurando a feiticeira, esta lhe disse que colocasse de um lado Abd Alá, e do outro lado dez de seus melhores camelos, para que então ela lançasse a sorte, que indicaria a quem o pai deveria matar, o menino ou os animais. Se a sorte indicasse o menino, o pai deveria trazer outros dez camelos, e novamente interrogar a sorte, e assim sucessivamente, até que a sorte designasse os animais; meio do qual se valeria a Divindade para taxar o preço do sangue do menino. Tudo foi feito como o indicado, e por dez vezes a sorte recaiu sobre o menino, de tal modo que do lado esquerdo encontravam-se agrupados cem camelos. Na décima primeira vez, a sorte designou os camelos, e estes foram sacrificados, ficando assim livre Abd Alá, que mais tarde seria o pai do Profeta.

Fiz uma pausa dramática, para causar efeito, e só então acrescentei:

— Assim Abd el Mattaleb cumpriu sua promessa... Desde então, e para recordar este feito memorável do sangue humano, este pode ser taxado até cem camelos, tendo todo o crente fiel o direito de exigir esse preço, esquecendo os usos e costumes locais, para impor as leis sagradas que vêm do Profeta.

Ao terminar, todos ficaram em silêncio, e encarando o chefe dos beduínos prisioneiros, perguntei:

— O que tem a dizer sobre isto?

Ele respondeu, olhando-me com ódio:

— Que professor cometeu o pecado mortal de ensinar-lhe os segredos do nosso Livro Santo?

— Os cristãos também conhecem sua doutrina. Mas o melhor é que agora você mesmo faça as contas. Acabou de dizer que matou catorze guerreiros da tribo dos Uled Ayor. Logo, se não me engano e como ordena o Profeta, terá que pagar mil e quatrocentos camelos. Isto, é claro, se quiser pagar o preço do sangue, salvando assim sua vida.

Um murmúrio geral elevou-se no acampamento, quase encobrindo a irritada exclamação do chefe dos beduínos, que gritou:

— Os Uled Ayor não serão loucos para pedirem isso!

— Eu direi para que o façam. Estão em seu direito, segundo o Livro Santo! E pagando seu resgate, eles poderão pagar o tributo ao paxá, conservando ainda muitos animais, e podendo recuperar-se da seca deste ano.

— Não daremos todos estes camelos!

— Se cada animal tem um preço, e se assim o preferir, pode pagar em dinheiro. Também aceitarão!

— Você é um homem de idéias estranhas! É um louco!

— Mas não continuará pensando assim quando escutar o que vou lhe dizer. Porque ainda terá que pagar mais.

— Mais? — gritou ele, quase explodindo de ira.

— Assim é... Ou não conhece os comentários do Alcorão de Salah Sehari e Beidhsor? Pois deve saber, se é que você estudou o Livro Sagrado, que estes dois comentaristas dizem: "Aquele que insulta ou ofende a mulher que pertence a outro, mata sua honra e deve pagar a metade do preço do sangue; mas aquele que a maltrata, mata a honra do marido, e deve pagar o preço total." Compreende o que estou dizendo?

— Cão! Que Alá te amaldiçoe! — gritou, rilhando os dentes.

— Pode gritar e rogar praga o quanto quiser. Vocês trataram de uma forma vil a mulher que eu salvei, matando, por conseguinte, a honra de seu marido. Isso indica que devem pagar o preço total do sangue, que são mais cem camelos, ou seu valor equivalente em dinheiro, e observe que ainda estou sendo generoso, não considerando o perigo a que expuseram a pobre criança cega. Mas juro que não pouparei suas vidas se não pagarem o que é de direito!

Um pesado silêncio reinou depois destas minhas palavras. Todos os homens presentes no acampamento faziam um esforço de memória para recordar o Alcorão e tentar medir se era realmente justo o que eu exigia.

## Capítulo II

Mais uma vez, a quietude foi rompida pelo ódio do chefe dos Uled Azar que, avançando alguns passos, voltou a gritar:

— Quem é você para dar-nos ordens? O que importa a um cristão o Alcorão? Perdeu o juízo, ou pensa mesmo que uma das tribos mais importantes deste país, vai seguir seu capricho? Se não estivesse com as mãos amarradas, iria te estrangular agora mesmo!

— Pois desatem-no, e deixem que ele tente — provoquei.

Mas a voz imperiosa do coronel Kruger Bey impôs-se:

— Silêncio! Aqui ninguém grita mais que eu! Levem os prisioneiros; já escutaram o preço que devem pagar, e não irei diminuir nem um camelo sequer. Terão que pagar o preço do sangue, como manda o Alcorão. Sua tribo responderá por isso!

Os prisioneiros já se levantavam quando pedi ao coronel que deixasse ali o chefe. O sol ocultava-se preguiçosamente no horizonte, indicando que chegava a hora do Magred, a oração que os muçulmanos rezam ao pôr-do-sol. Ao chegar esta hora, todos os muçulmanos, estejam onde estiverem, colocam-se de joelhos para fazer a oração. Quando não se tem nenhum sacerdote muçulmano presente ou então um *darwisch* (funcionário da mesquita), o mais versado sobre os textos sagrados do Livro Santo toma a frente, comandando as orações.

No nosso acampamento, o velho sargento Sallam já se dispunha a exercer esta função.

Depois de um preâmbulo, segue a reza coletiva, que consiste em trinta e sete versículos, durante os quais, nas mesquitas, faz-se a oferenda da fumaça de láudano. Todos os soldados colocaram-se de joelhos, olhando na direção da sagrada cidade da Meca, para rezar com uma fé e recolhimento exemplares.

Depois de rezar o Magred, enquanto o sol oculta-se, vem a oração da noite, chamada Aschiak. Foi antes de começar esta outra oração, que chamei o sargento Sallam:

— Chame o *bastonaschi*, meu bom amigo Sallam. Este homem deve ser castigado.

O chefe dos Uled Azar sabia muito bem o que significava aquilo. Cem chibatadas iria receber, ao ritmo dos nomes da oração da noite, pronunciados em coro por todos os presentes.

— Deus do céu! — ouvi Emery exclamar. — Não queria estar no lugar deste homem! O sargento rezará enquanto o golpeia com este *bastonaschi*, como disse?

— Sim.

— E a isto chamam a oração final? Que povo mais estranho, meu amigo! Enquanto um açoita, outros dão graças a Alá!

— Não deve tomar isto como blasfêmia, Emery — tratei de tranqüilizar meu amigo. — Cem louvores a Alá, e a cada um deles, uma chibatada.

— Jamais vi coisa igual.

O que os muçulmanos chamam Aschiak, ou oração final, é uma litania monótona, que contém os cem nomes pelo qual Alá é conhecido, e que devem ser pronunciados inclinando-se a cada um deles, enquanto as mãos se levantam aos céus. Quando o prisioneiro viu o *bastonaschi* aproximar-se, mais uma vez olhou-me com ódio, cuspindo então mais um insulto:

— Cão! Algum dia me pagará por esta humilhação.

— Não gaste seu fôlego com ameaças, porque logo estará gemendo — disse-lhe. — E se não se mostrar humilde, ordenarei que redobrem a força das chibatadas.

No entanto, aproximei-me do homem que exerceria o castigo, dizendo-lhe baixinho:

— Cumpra o castigo, mas não quero que o réu morra.

— O senhor é quem manda — disse-me o soldado.

O prisioneiro ficou então com as costas desnudas, as mãos amarradas em uma lança, cujos extremos os soldados seguraram, enquanto outros dois o seguravam pelos pés, para que o rebelde *sehich* dos Uled Azar ficasse esticado de bruços.

Então, devotadamente, o sargento Sallam abriu os braços e começou a recitar, monotonamente:

— Muitos e grandes são os pecados deste mundo que se escondem nos corações dos malvados. Mas a justiça vela e o castigo tampouco descansa. Oh, todo bondade! Oh, dono de tudo! Oh superior a todos os santos! Oh...!

Estes três primeiros nomes foram acompanhados pelas três primeiras chibatadas, seguindo os demais noventa e sete numa lentidão desesperadora, sem que o *bastonaschi* deixasse de levantar chicote e cumprisse com o castigo.

E a litania finalmente chegou ao fim:

— Oh, repartidor dos bens! Oh, protetor dos fieis!

Quando aquilo terminou, o *sehich* dos Uled Azar jazia como se estivesse morto, mordendo os lábios para não deixar escapar nem um gemido. Tentava demonstrar assim tanto seu orgulho como sua fortaleza, mas pouco depois, incapaz de resistir à dor do castigo, não nos deixou dormir, com seus lamentos, insultos e terríveis blasfêmias.

Na manhã seguinte, no alvorecer, iniciamos os preparativos para reiniciarmos a marcha, comendo ligeiramente. Acompanhado de Winnetou, aproximei-me de onde estavam os prisioneiros, e o irado *sehich* nos recebeu raivosamente:

— Alá te confunda! Se eu conseguir sair desta, juro que te matarei!

— Creio que tentará — respondi. — Mas espero que não o consiga.

* * *

Meu fiel amigo Winnetou afastou-me do prisioneiro, dizendo:

— Tenho que mostrar-lhe algo. Venha.

Enquanto os demais reiniciavam a jornada, o apache conduziu-me a sudoeste, onde havíamos acampado, e o apache então mostrou-me diversas pegadas que rodeavam as pedras. Nós as seguimos e isto acabou por nos levar a um lugar rodeado por grandes blocos de pedra, onde parecia que alguém do nosso acampamento havia se encontrado com um cavaleiro.

Com sua habitual maestria, Winnetou esteve estudando as pegadas, dizendo-me que os dois homens deviam ter permanecido algum tempo juntos, e que isto já teria ocorrido há bem umas oito horas. Logo, o encontro deveria ter ocorrido antes da meia-noite. Seguimos as pegadas do cavaleiro, que dirigiam-se para o sudeste, quer dizer, na mesma direção na qual seguiam nossas forças.

Isto nos tranqüilizou um pouco e, meia-hora depois, galopando velozmente em nossos cavalos, nos reunimos com o restante do grupo, para comunicar ao chefe da expedição o que havíamos descoberto. O coronel Kruger Bey não deu muita importância ao fato, mas Winnetou, Emery e eu decidimos montar vigilância por conta própria durante a noite.

— Meus irmãos acham também que este cavaleiro chegou ao acampamento enquanto dormíamos? — disse-nos Winnetou, a Emery e a mim.

— Assim parece; algum dos soldados saiu para recebê-lo.

— Então, isso indica que trazia alguma mensagem, e tem um motivo para não se deixar ver — raciocinou Emery.

— Aquele que se oculta nas sombras da noite pode ser um traidor — disse. — Não cabe dúvida de que devemos vigiar alguém desta expedição.

O falso Small Hunter não podia ser, porque mal teve tempo de aprontar-se para reunir-se a nós na expedição contra os Uled Ayor, não sobrando-lhe tempo para marcar um encontro no meio do deserto.

— Esta noite, poderemos surpreender este traidor, vigiando bem — propôs Emery. — Quando chegaremos nas tais ruínas?

— Segundo Kruger Bey, amanhã de tarde.

— Então, vamos torcer para que este misterioso cavaleiro volte esta noite, procurando novas informações do seu misterioso amigo que viaja entre nós. Será quando o apanharemos!

Tenho que dizer que, infelizmente, nossas esperanças não se concretizaram. E isso deveu-se a fatos completamente imprevistos, que permitiram a nossos inimigos ganharem esta rodada.

O terreno do *warr* que atravessávamos dificultava muito nossa marcha, e não podíamos avançar em coluna cerrada; o coronel viu-se obrigado a dividir seus soldados em pequenas patrulhas, tendo que empregar mais batedores do que teria sido necessário em outra situação. Durante o almoço, o guia consolou-nos, dizendo que em três horas sairíamos do *warr*, deixando para trás aquele terreno pedregoso. Então, cavalgaríamos por uma extensa planície que, felizmente, estava coberta de grama.

Uma hora depois de comermos, retomamos a marcha. Meia-hora depois, o guia disse ao coronel:

— Aquele é o local onde foi assassinado o *mulassin* (tenente) Achmed.

Mostrava a sua direita, e o coronel Kruger Bey perguntou, surpreso:

— O *mulassin* Achmed foi assassinado?

— Sim, coronel.

— E como não havia me dito isto antes?

— Perdoe-me, senhor! Mas estou certo de que já o havia dito. Como poderia esquecer-me de algo assim?

— Não sei, mas esqueceu. Eu não havia escutado nada sobre isto até então!

— Meu coronel deve ter-se confundido; disse-lhe que vários dos rebeldes Uled Ayor o pegaram ali, junto a um pequeno lago.

— Os assassinos foram capturados?

— Sim, eram três e foram fuzilados imediatamente.

— E o que fizeram com o cadáver do tenente Achmed?

— Foi enterrado no mesmo lugar onde morreu.

— Conte-me como isto ocorreu.

— Caminhávamos pelo mesmo caminho que estamos fazendo agora. O *mulassin* Achmed ouviu dizer que a uns dez minutos daqui havia água, e dirigiu-se para lá, porque queria refrescar seu cavalo. Nós continuamos avançando, mas dentro em pouco escutamos um disparo. O *kolarasi* enviou no mesmo instante dez homens, entre os quais estava eu. Quando chegamos ao lago, vimos ali três Uled Ayor, que não suspeitavam de nossa presença. Acabavam de matar o *mulassin* e nós os prendemos, para levá-los ao *kolarasi*. Este deteve a tropa e fez um julgamento sumário. Cavalgamos até o lago, enterramos o tenente e cobrimos sua sepultura com um monte de pedras, fazendo depois os disparos de homenagem.

— Pobre tenente Achmed! — disse tristemente o coronel Kruger Bey. — Quero visitar sua sepultura, já que ela está somente a dez minutos daqui.

Confesso que, revendo estes fatos, não consigo explicar a terrível imprudência de termos acreditado nas palavras daquele velhaco. Seu relato era inverossímil, afirmando que já havia contado o caso ao coronel, que nada recordava sobre o assunto. Só por isto, já devíamos ter visto que ele não passava de um mentiroso.

Mas o caso é que seguimos o traiçoeiro guia, o coronel, Emery e eu, ficando Winnetou para não perder de vista o falso Small Hunter, que viajava silencioso, entre os soldados. O coronel ordenou que a tropa prosseguisse a marcha, com a intenção de alcançá-la mais tarde.

# O Túmulo de Achmed

## Capítulo Primeiro

Seguimos avançando entre os enormes blocos de pedra, demorando bem mais de dez minutos para chegarmos ao local indicado pelo guia, não me chamando a atenção esta diferença de tempo para chegarmos ao túmulo do tenente Achmed.

Junto a uns gigantescos blocos de pedra havia, efetivamente, um pequeno lago, produzido por algum manancial subterrâneo que brotava entre as pedras. De um lado via-se um montão de pequenas pedras, que o guia apontou, dizendo-nos:

— Este é o túmulo.

— Rezemos a oração dos mortos — disse Kruger Bey.

Emery e eu também desmontamos, deixando nossas armas sobre as selas dos cavalos, pois não nos soava bem rezarmos pela alma de um homem armados até os dentes. Naquele lugar distante não se podia notar a presença de nenhum ser humano, além de nós, que só estávamos ali por causa do guia e seu fantástico e mentiroso relato.

O coronel pôs-se de joelhos, rezando; e eu e Emery, de pé, nos colocamos a rezar segundo as tradições do cristianismo. O guia não havia descido do cavalo, o que agora, sem dúvida alguma, vejo que devia ter despertado nossa atenção e causado estranheza. Quando Kruger Bey terminou suas orações, levantou-se, perguntando:

— Você disse que aqui repousa o *mulassin*. Vocês o colocaram com o rosto voltado para a Meca?

— Assim o fizemos, senhor — respondeu o guia.

Não sei porque, mas sem nenhuma intenção, eu disse:

— Isso não é possível. A Meca está na direção leste e a direção dessas pedras assinalam de norte a sul.

Kruger Bey foi conferir o que eu dizia, e logo exclamou:

— Exatamente. Oh, Alá! Vocês não o enterraram direito!

— Há outra coisa, coronel — tornei a intervir, reparando melhor. — Estas pedras deveriam estar amontoadas aí há coisa de duas semanas, mas isto não me parece que seja assim.

— Por que não? — perguntou-me Emery.

— Olhe bem, e veja como uma finíssima areia, que mais parece farinha, levanta-se quando sopra a mais leve brisa. Os buracos que deixaram entre as pedras já deveriam estar cheios deste pó arenoso que cobre as demais pedras, mas neste monte, não se vê a mais leve partícula de areia. Em outras palavras, este monte não foi feito há quinze dias, mas sim a coisa de um dia, senão mesmo de poucas horas...

Já dispunham-se Emery e o coronel a inclinarem-se sobre o monte de pedras para examiná-lo quando, quase instintivamente, dei um grito.

Numerosas silhuetas brancas lançavam-se sobre nós, derrubando-nos com seu peso e seus golpes, não nos permitindo defesa. Não tenho reflexos lentos, mas confesso que aquela vez não tive nem tempo de cerrar os punhos, sentindo mil mãos me agarrando e me obrigando a esticar-me no chão.

Mas ao cair, pude ver que nosso guia traidor, ainda montado em seu cavalo, não tinha sido molestado por nenhum dos beduínos, e agora afastava-se a galope, nos deixando ali.

À minha direita jazia o velho coronel Kruger Bey e à minha esquerda o bom Emery, ambos também sendo amarrados por aquela gentalha. Tentei tranqüilizar meus companheiros, dizendo em inglês, para não ser entendido pelos beduínos:

— Fomos uns asnos. Esse guia nos traiu. Mas tenhamos paciência. Não parecem querer nos matar, e isto nos permitirá ganhar tempo. Quando Winnetou ver que não regressamos, seguirá nossas pegadas e não descansará enquanto não nos encontrar.

Os homens que haviam nos atacado deviam ser uns cinqüenta. Haviam permanecido ocultos entre os grandes montes de pedras, sem que pudéssemos percebê-los até que caíssem sobre nós. Um deles, sem dúvida o chefe, dirigiu-se ao coronel:

— Buscávamos a você, mas não deixaremos de aproveitar seus companheiros. Amanhã todo o seu exército será nosso, e todos morrerão se o paxá não nos der camelos, cavalos, cordeiros e outras coisas mais em troca da vida de seus soldados.

— Cabe ao soberano cobrar os tributos, e não os rebeldes exigirem tributos do paxá — disse o chefe da guarda do senhor.

Um dos beduínos aproximou-se ameaçadoramente do velho coronel, ordenando-lhe rudemente:

— Deixe de grasnar, velho chacal! Seu mandato já terminou!

O que parecia ser o chefe ordenou que todos subissem nos cavalos, e amarraram-nos tão solidamente nos animais, que meus pulsos pareciam se partir. Logo partimos, e notei que íamos em direção ao sudoeste, mas sempre caminhando por entre as pedras, até que, umas duas horas depois, deixamos o *warr* para trás.

E como ninguém dignava-se a nos dizer nada, ignorávamos nossa sorte que, por outro lado, era fácil adivinhar.

* * *

Enquanto cavalgávamos, estive pensando que, sem dúvida alguma, quem nos havia capturado eram os guerreiros da tribo rebelde dos Uled Ayor.

Haviam nos tirado todas as armas, mas eu continuava confiando em Winnetou. Por causa de nossas aventuras passadas, eu sabia que ele jamais havia deixado escapar uma pista, ou abandonado a luta, por mais desigual que fosse. No entanto, Winnetou viajava entre soldados árabes, e não tinha como entender o que se falava. O único que podia ajudá-lo a entender o que se passava era o falso Small Hunter e, como era de se supor, ele não dividiria suas dúvidas e planos com aquele indivíduo.

Também pensava na mulher que havia salvo e nos prisioneiros que havíamos capturado. Elalheh com seu filhinho e os beduínos Uled Azar podiam ser uma ótima cartada nossa, já que as duas tribos estavam em guerra e sempre haviam se considerado rivais.

O que mais me desgostava era não poder falar com meus companheiros acerca dos meus pensamentos. Astutamente eles haviam nos separado, e eu marchava à frente, o coronel no meio e Emery no final da coluna em marcha.

Vi o sol inclinar-se lentamente para o ocidente e calculei que o crepúsculo não chegaria em menos de uma hora. O terreno começou a elevar-se pouco a pouco, desenhando-se à direita algumas montanhas, que no entanto ainda pareciam muito distantes. Duas delas tinham um formato bem característico, e mesmo nesta distância, era fácil ver que tinham alturas imponentes, sobretudo num país relativamente plano como era aquele. Se meus olhos não me enganassem, aquelas deviam ser as montanhas de Magrahan, e aquele caminho que seguíamos devia nos conduzir às ruínas que estávamos buscando.

Pouco a pouco, foi aparecendo diante de nós uma montanha de forma singular; era uma massa compacta, que elevava sua altura perpendicularmente à direita e à esquerda, tendo no centro uma grande fenda que chegava até a estepe. Não sei porque, mas me pareceu como que um gigante, um ser de dimensões colossais, tivesse amassado um pão proporcional ao seu tamanho e, depois de colocá-lo ali, com uma faca de vários quilômetros de comprimento o havia partido e separado em dois.

Sempre tenho o costume de prestar bastante atenção ao terreno que atravesso pois, em muitas ocasiões, esta observação permitiu-me sair de apuros e realizar coisas que muitos haviam chamado de "milagrosas". Tenho para mim que, quando trata de livrar-se de algum perigo ou sair de apuros, é o próprio interessado que deve fazer os "milagres". Milagres estes que não são nada mais, nada menos, do que o emprego de todos os recursos que alguém possa ter. E ao aproximar-me da montanha, partida em duas, encontrei-me pensando:

"Isto pode ser muito importante para nós."

E com efeito, meu propósito pôde realizar-se na noite seguinte.

Mas para manter a linearidade da narração, antes direi que os Uled Ayor continuaram marchando diretamente até a fenda da montanha, voltando-me eu sobre meu cavalo ao chegarmos lá, examinando o caminho que acabávamos de percorrer. Se não me enganava, muito longe havia um pontinho branco, deslocando-se no terreno. Tratava-se de alguém com um albornoz branco, e tive um pressentimento:

"Winnetou está nos seguindo!"

Meu coração deu um salto de alegria e alívio, e teria dado tudo para poder repartir esta nova informação com meus amigos. Chegamos finalmente à passagem entre a montanha, e tive a ocasião de ver, de perto, como suas paredes pareciam mesmo terem sido recortadas a faca. Por ali ninguém conseguiria escalar, e seguimos avan-

çando por aquele desfiladeiro por mais uns quinhentos metros, quando diante de nós apareceu um animado acampamento beduíno.

Haviam muitas tendas, entre as quais moviam-se as pessoas, alguns dos homens cortando lenha, e outros já acendendo as fogueiras noturnas. Ali não havia mulheres, crianças ou velhos; estávamos num acampamento de guerreiros. Uns cem beduínos saíram ao nosso encontro, recebendo seus cinqüenta companheiros com mostras de júbilo, por haverem capturado três prisioneiros.

Mais ao fundo, no meio de toda aquela agitação, pude distinguir várias tendas vigiadas por sentinelas beduínos, o que indicava que ali deviam estar os soldados capturados do capitão Halaf Ben Vrih, sitiado nas ruínas, ou para dizer-lhe o verdadeiro nome, do canalha e assassino Thomas Melton, pai do jovem que estava se fazendo passar por seu amigo Small Hunter.

O que resultava incompreensível para mim era que os Uled Ayor tivessem levantado acampamento no meio daquela fenda da montanha, num estreito desfiladeiro. Não havia dúvida que aqueles beduínos sabiam da proximidade das tropas do paxá, e pus-me a pensar o que fariam se as tropas do paxá os atacassem por ambos os lados, simultaneamente. Se isto ocorresse, eles estariam perdidos.

Em todo caso, era preciso esperar os acontecimentos.

## Capítulo II

Quase tocando a parede esquerda da montanha, naquele desfiladeiro, via-se uma tenda bem maior que as outras. Sobre ela flutuava ao vento um estandarte, com uma meia lua árabe, o que dava a entender que ali estava o *sehich* dos Uled Ayor. Foi para lá que nos conduziram dez cavaleiros entre os gritos alegres dos outros beduínos, que mantiveram uma distância respeitosa.

Antes de chegarmos na grande tenda, os dez cavaleiros apearam, soltando nossas amarras e obrigando-nos, por meio de gestos e palavras, a também desmontarmos. Diante daquela tenda e sobre um tapete, estava sentando um velho de longa barba já branca, e porte muito digno, que num simples olhar já mostrava ser um personagem muito respeitável.

O velhaco com cara de macaco que nos parecia ser o chefe dos que nos capturaram inclinou-se, para depositar diante do velho sentado no tapete, minhas armas, as de Emery e as do coronel Kruger Bey, murmurando-lhe algo tão baixo que ninguém conseguiu escutar; certamente estava informando a ele sobre nossa captura, cabendo a nós esperarmos pacientemente.

Mas o irritado coronel Kruger Bey não teve paciência, e adiantando-se até o tapete onde o *sehich* estava sentado, disse:

— Chega de cerimônias! Já nos conhecemos. Você é Mubir Ben Saja, chefe supremo dos Uled Ayor e você também já me conhece de sobra.

O velho de barba branca levantou a mão e murmurou pausadamente:

— Certo, Kruger Bey; eu te conheço, mas não o saúdo. Quem são seus companheiros?

— Este, mais alto e forte é Kara Ben Nensi, procedente da Alemanha, e o outro é Bothwell Bey, da Inglaterra.

— Disseram-me que está em suas tropas outro estrangeiro, vindo da América.

— Sim, mas... Como você sabe disso?

— Mubir Ben Saja sabe de tudo; mas não preciso dizer como sei disso. Agora, diga-me onde está este americano.

— Se você sabe tudo, saberá então que ele está entre a minha gente.

— Que pena! Tenho em meu acampamento alguém que muito se alegraria em vê-lo.

Apurei os ouvidos e meu companheiro Emery também. Sabíamos que tal alusão deveria ser sobre ninguém mais, ninguém menos, que o capitão Halaf Ben Vrih, a quem supúnhamos prisioneiro daqueles audazes beduínos.

Suposição errada porque, pouco depois de iniciado nosso interrogatório, aproximou-se um beduíno alto e magro, a quem o chefe perguntou:

— Já está sabendo?

— De tudo não — respondeu novamente o homem. — Saí dali antes de terminar, porque me disseram ter tido êxito o estratagema que lhe propus. Mas, onde está o estrangeiro americano?

— Não está entre os prisioneiros.

Depois desatas palavras, o beduíno alto e magro aproximou-se mais de nós, e escutamos o coronel Kruger Bey exclamar, assombradíssimo:

— Halaf Ben Vrih! Meu *kolarasi*! Você não é prisioneiro deles?

Com uma expressão de desprezo e pouco caso, o homem respondeu então, cinicamente:

— Não seja estúpido, velho! Estou livre, não está vendo?

— Livre? Mas, então... Eu também estarei livre, porque suponho...

— Supõe mal, velho chacal! E silêncio — interrompeu Melton. — Não espere ajuda nenhuma da minha parte. Nada tenho a ver com você...

Mas ele parou no meio da frase, pois tinha me visto, recuando dois passos. Reconheceu-me no instante que pousou os olhos sobre mim, tal como eu o havia reconhecido. Mas Thomas Melton não queria acreditar em seus olhos, e sem desviar o olhar de mim, que lhe sorria debochadamente, perguntou ao *sehich*:

— Qual o nome deste prisioneiro?

— Kruger Bey disse que ele se chama Kara Ben Nensi e que vem da distante Alemanha.

Sua surpresa e indignação o fizeram exclamar, em inglês:

— Diabos! É Mão-de-Ferro! Mão-de-Ferro em pessoa! Aqui! Em Túnis! Não! Não é possível tal coisa!

— O que tanto estranha, "amigo" Thomas Melton? — disse-lhe, cinicamente. — Acaso não está você também muito distante das pradarias americanas?

— Mão-de-Ferro! — seguia dizendo, feito um louco, repetidamente. — Não posso acreditar no que vejo. E no entanto... É ele! Ele!

Como para certificar-se de que não sonhava aproximou-se, colocando a mão em meu ombro, obrigandome a sacudir o corpo para evitar seu contato.

— Não me toque, verme. E tenha muito cuidado! Já sabe, por experiência própria, que toda vez que cruza o meu caminho, não se dá bem. E desta vez também não escapará impune.

— Está enganado, abutre maldito! — gritou colérico. — E se desta vez aliou-se a este velho estúpido do Kruger Bey, vagabundo alemão como você, tanto pior. Ou acha realmente que conseguirão vencer os valentes rebeldes Uled Ayor?

— Acredito nisso firmemente — respondi.

— Pura ilusão! Vocês já caíram prisioneiros. Não triunfará desta vez, Mão-de-Ferro. Suas horas estão contadas!

— Seu irmão disse a mesma coisa no México, na fazenda do Arroio, lembra-se? E não se esqueça que, no final, eu acabei por capturar seu irmão Henry.

— Maldito seja! Ali perdi meu irmão e minha fortuna. Algum daqueles malditos índios seus amigos devem tê-la encontrado, escondida na mina.

— Está enganado, novamente, Melton. Fui eu quem descobriu o esconderijo do safado do seu irmão; mas reparti aquela fortuna entre os pobres imigrantes alemães, a quem o canalha do seu irmão Henry havia enganado e roubado.

— Que pena que Henry não possa vê-lo prisioneiro agora. Seria uma grande vingança para ele!

— Os mortos não podem desfrutar as maldades que os vivos cometem — respondi.

Soltando uma gargalhada grosseira, ele respondeu:

— Ha, ha, ha! Mas, acredita mesmo ter matado Henry? Não seja ridículo, por favor! Ele foi entregue aos índios, mas eles não o mataram, como você pensa. Meu irmão sempre foi um homem de grandes recursos e imaginação. Conseguiu escapar. O mesmo não acontecerá com você, que estará morto até amanhã!

Fiquei confuso diante do que ele dizia. Eu dava por certo que Henry Melton estava morto e agora...

Mas queria demonstrar calma e serenidade, e com uma voz desprovida de emoções, disse:

— Ora, isto são só palavras.

Fazia todo o possível para irritá-lo mais e mais, e ver se assim conseguia inteirar-me de algo do plano de ação dos seus atuais aliados, os Uled Ayor. Eu sabia que se conseguisse encolerizá-lo, como já havia comprovado com muitos outros homens, ele abandonaria a discrição. Por isso, eu sorria debochadamente, obrigando-o a dizer:

— Não fique rindo, maldito chacal! Estou falando sério! Amanhã morrerá!

— Parece-me ter se esquecido que Mão-de-Ferro já enfrentou perigos maiores do que este e sempre conseguiu sair ileso. Para salvar-me agora, não vou precisar fazer nada. Os soldados que nos acompanham resolverão este caso.

— Antes que cheguem aqui, já estará morto.

— Pior para você, Melton. Então vingarão minha vida com seu sangue. Eles não perdoam!

— Simples ameaças; conheço estes soldados insignificantes, quando estão sem um bom chefe a guiá-los, não valem de nada. E como você pode ver, o coronel Kruger Bey não está numa situação privilegiada. Eu já vou lhe dizer o que acontecerá com estes ignorantes.

Fiquei um tanto tenso, ao ver que havia conseguido levá-lo até onde eu pretendia, mas aparentei desdém, para ocultar minha curiosidade:

— Pode guardar seus comentários, Melton. Estou sabendo muito bem o que irá acontecer. Cometeram a imprudência de colocar seu acampamento neste estreito desfiladeiro, que é uma autêntica ratoeira; e eu lhe digo que amanhã, no mais tardar ao meio-dia, nossos soldados chegarão e vocês serão encurralados aqui, sem ter por onde escapar.

— Você é um imbecil! Sem dar-se conta, avisou-nos de seus planos, dando-nos tempo de prepararmos a defesa. Saiba que montamos acampamento aqui por ser um bom esconderijo e porque não queríamos ser vistos. Aqui podemos acender o fogo sem prejuízo de nossa segurança, mas depois do que disse, amanhã bem cedo sairemos daqui. Metade de nossos homens irá para o deserto plano, e a outra metade irá para o extremo oposto do desfiladeiro. Os primeiros irão se ocultar nos arredores e, quando seus soldadinhos aparecerem, eles é que irão cair numa ratoeira que irá os aprisionar. Mas ainda tenho outra surpresa: o guia que os conduziu é nosso aliado. Não faz muito que estive em seu acampamento e dei-lhe novas instruções.

Fez uma pausa, para verificar o efeito que produziam suas palavras, acrescentando com a mesma segurança:

— Logo estarei de volta à América e levarei a bolsa repleta. Deliberadamente, deixei-me cercar e entreguei os inocentes soldados do meu esquadrão. Por meio do emissário que enviei a Kruger Bey, eu os induzi a vir até aqui, junto com seus três esquadrões. Os soldados serão para o sehich dos Uled Ayor e o paxá terá que pagar por seu resgate ou... Kruger Bey me pertence, e não será pouco o que obterei em troca de sua liberdade. Isso sem contar agora o resgate por seus amigos estrangeiros. Mas minha sorte chegou ao cúmulo ao dispor de sua "querida" pessoa, Mão-de-Ferro. Mas por você não quero dinheiro... Quero sua vida! Compreendeu? Vou arrancar sua pele e fazer um tambor!

Eu sabia que ele era capaz de cumprir sua ameaça pois, se algum homem me odiava no mundo, este alguém era Thomas Melton

O inimigo que me tinha em suas mãos já antecipava o prazer da vingança.

## Capítulo III

Aparentando uma calma que não sentia, disse friamente, irritando-o ainda mais:

— Não conte com a sorte, Melton. Sei que assim que obtiver o resgate, irá matar Kruger Bey e meu amigo Emery, assim como qualquer um que se interponha em seu caminho. O que se pode esperar de um canalha assassino como você?

— O que acha ou deixa de achar não me importa. Mas este dinheiro me servirá para pagar minha viagem de regresso à América, com toda a comodidade. E uma vez ali, terei mais dinheiro do que possa sequer sonhar.

— Alguma herança? — tornei a debochar.

— Justamente isto! — confirmou cinicamente. — Mas chega de conversa: o coronel ficará para o sehich e você e seu amigo virão comigo, porque me pertencem. Vou mantê-los bem amarrados, e assim não lhes faltará vontade de me maldizer.

Já se dispunha a afastar-se comigo e com Emery, quando o velho inesperadamente, ordenou:

— Alto lá! Quem decide as coisas aqui sou eu!

Eu ignorava se o chefe dos beduínos Uled Ayor havia conseguido entender as palavras de Melton, já que estávamos falando em inglês. Mas podia ver claramente que o comportamento daquele homem não lhe estava agradando. O rosto do chefe dos beduínos havia adquirido uma expressão severa, quase ameaçadora, para com o seu aliado. Parecia que não estava concordando com a atitude daquele renegado americano e isto, sob todos os aspectos possíveis, poderia resultar favorável a nós.

Por isso animei-me ainda mais ao ver o traidor encarar o chefe, dizendo-lhe:

— Bem, o que deseja dizer-me?

— Recordá-lo que está em um acampamento de beduínos, sob o meu comando.

— Isso eu já sei.

— Pois parece ter esquecido! Esteve falando de suas coisas com este estrangeiro, sem considerar se eu entendia ou não o que falava. Isso não me agrada!

— Perdoe-me, mas...

— Outra coisa! Comporta-se como se fosse o chefe daqui, dispondo a seu bel-prazer destes prisioneiros.

— Eles são meus! Pertencem a mim!

— Por que? Não foram eles capturados por meus guerreiros? O pássaro pertence a quem o caça. Por isso eles também ficarão junto com o coronel da Guarda do senhor.

— Um momento, amigo! Não estou disposto a consentir isto! Tenho um interesse muito especial, pessoal, sobre esse homem — disse, apontando para mim. — É um criminoso perigoso, que tem muitos assassinatos sobre sua negra consciência. Tentou matar meu irmão e a mim também. Portanto, entre ele e eu há uma vingança de sangue.

Não podia permitir que ele me tratasse como um criminoso e assassino diante de todos aqueles homens e, ainda que nada pudesse fazer com as mãos atadas, dei-lhe um forte e inesperado pontapé, que o fez cair ao chão, enquanto eu gritava:

— Canalha! Não queira atribuir a mim os seus crimes!

— Cão maldito! — gritou Melton, ainda caído no chão. E quando ele ergueu-se, já correu para mim com sua faca desembainhada.

Mas para chegar até mim ele teria que passar antes por Emery Bothwell que, adivinhando seus propósitos, também levantou a perna e deu-lhe um segundo pontapé que o fez cair novamente. Tudo aconteceu tão rapidamente que ninguém conseguiu evitar.

Os cavaleiros beduínos que nos vigiavam, um pouco distantes, demonstravam que não tinham nenhuma intenção de intervirem para que aquele homem não fosse agredido.

Aproveitando aquela atitude favorável, voltei-me para o velho chefe dos beduínos, ainda sentado sobre o tapete, mas com um gesto ele me indicou, imperiosamente, que não me permitiria falar, acrescentando:

— Silêncio! Não quero ouvir nada! Este homem afirma que você é um assassino, o que pode ser verdade. Mas você não tem o aspecto de um criminoso, e por outro lado, o chefe da guarda do senhor não teria lhe depositado sua confiança se assim não o merecesse. Não pense que esqueci que este *kolarasi* traiu seu chefe e amigo, a quem servia. Eu o conheço bem e sei que é um assassino; hoje mesmo matou um homem que até a pouco chamava de amigo...

Estremeci, ao pensar que o jovem Small Hunter provavelmente era a vítima a que se referia o chefe dos beduínos Uled Ayor. Por isso, tentei novamente falar:

— Devo comunicar-lhe algo de grande importância. Isso lhes mostrará que...

— Cale-se! Seus assuntos não me interessam...

— Mas...

— Eu ordenei silêncio, e deve obedecer!

Com um gesto imperioso chamou dois de seus homens e, depois de dar-lhes uma ordem, nos afastaram dali na mira das espadas. Fizeram-me entrar em uma das tendas e ali também amarraram meus pés. Cravaram uma madeira grossa no chão e me arrastaram até lá, amarrando-me com fortes cordas.

Quando terminaram de fazer isto, saíram, e um deles sentou-se na entrada da tenda para montar guarda.

Pensei tristemente que não havia escapatória possível.

# A Fuga

## Capítulo Primeiro

Lá fora, começava a escurecer pouco a pouco, caindo a noite.

Depois da oração que chegou claramente aos meus ouvidos, o sentinela trouxe-me um pouco de água, nada trazendo contudo para eu jantar. Tinha fome e encontrava-me numa posição incômoda, atado naquele poste cravado no chão, sem nem poder mudar de posição.

Através da lona da minha tenda podia ver brilharem as fogueiras, e mais tarde, somente uma delas permaneceu acesa. O ruído do acampamento foi cessando aos poucos, e chegou um momento em que nada mais se ouvia.

Nada, exceto as batidas do meu coração.

Winnetou não dava sinal de vida.

Meu guardião entrava de vez em quando na tenda para verificar se eu continuava firmemente amarrado. Não falava nada, e acabei por desistir de tentar iniciar uma conversa.

Decidi tentar dormir, para ver se conseguia recuperar as minhas forças, ao invés de ficar tentando forçar, inutilmente, aquelas amarras. Eu havia já dado umas cochiladas quando um leve ruído sobressaltou-me, como se uma serpente venenosa do deserto estivesse deslizando pelo chão da tenda em minha direção. Estava tudo tão escuro que era impossível distinguir o que se passava, mas fiquei completamente alerta ao ver que o ruído continuava vindo em minha direção, aproximando-se cada vez mais.

E eu bem sabia o que podia significar a mordida de uma serpente venenosa dos desertos africanos!

Mas logo me acalmei. Pensei que talvez o barulho quem estivesse fazendo fosse Winnetou. Só ele sabia deslizar pelo chão como se fosse um lagarto.

Meu nome, pronunciado duas vezes num sussurro fez-me recuperar o ânimo, dando-me certeza de que era realmente Winnetou quem ali estava:

— Charlie? Charlie?

— Estou aqui, Winnetou, e muito bem amarrado!

— A sentinela aparece por aqui?

— De vez em quando. O coronel Kruger Bey está na tenda do chefe do acampamento. Mas não sei onde está Emery.

— Eu vi para onde o levaram.

— E o que está esperando para me desamarrar?

— Eu o farei. Mas os Uled Ayor não podem notar seu desaparecimento. Se isto acontecer, eles saberiam que teria ido em busca dos soldados, e levantariam acampamento imediatamente.

— Então... Não devo fugir, Winnetou?

— Claro que sim, mas ficarei em seu lugar, porque não posso conversar com os soldados em árabe. Procure voltar com eles antes do alvorecer.

— É um bom plano! Assim não terão tempo de sair do desfiladeiro, como Melton pensava fazer, para surpreender os soldados do paxá.

— Já encontrou-se com este canalha, irmão?

— Sim, estive falando com ele, mas não sabe que você também está aqui.

Já livre das amarras, pensei que os soldados dos esquadrões deveriam ter seguido sua marcha, e que não iria saber onde encontrá-los, mas diante de minha pergunta, Winnetou surpreendeu-me, dizendo enquanto eu o atava ao poste:

— Indo em direção ao norte, tropeçará forçosamente com eles. Quando sair do desfiladeiro, conte mil passos ao norte e encontrará meu cavalo, assim como minhas armas.

— Está bem, logo vou estar de volta. Não se impaciente, e perdoe-me se o estou amarrando tão fortemente. O beduíno entra para conferir as amarras de vez em quando. Espero que ele não descubra a troca!

— Nesta escuridão, impossível! Ele verá um homem amarrado, e nem em sonhos suspeitará que é outro quem está aqui atado.

— Quando regressar com os soldados, darei o sinal, imitando um abutre por três vezes.

— Sorte, irmão! — desejou-me o valoroso índio.

— O mesmo para você, Winnetou.

Pouco depois deslizava por debaixo da lona da tenda e, também arrastando-me ao estilo indígena, ganhava o desfiladeiro para começar a procurar o cavalo de meu amigo, contando os mil passos tal como ele havia me indicado.

E agora devo confessar que, ao respirar o ar noturno, voltei a sentir-me esperançoso e animado.

A liberdade para um homem é tudo. Tudo!

## Capítulo II

Quando encontrei a montaria de Winnetou, saltei sobre o cavalo e o obriguei a um galope desenfreado, sem dar repouso ao pobre animal. Dele, da minha sorte e de que chegasse logo com a ajuda dos esquadrões do paxá, muitas coisas dependiam, e ainda que sempre tivesse como regra tratar bem aos animais, esta foi uma das raras ocasiões que não pude cumprir esta exigência.

Mas o valente animal soube corresponder à minha ansiedade e pressa, e logo cheguei ao acampamento, não sem antes ter que dar uma enorme volta, até que consegui localizar uma pequena fogueira.

Fui recebido com grande alegria, e a primeira coisa que fiz foi perguntar aos oficiais pelo paradeiro do guia traidor. O homem dormia, mas ordenaram que se apresentasse imediatamente à mim, e no maior cinismo, exclamou ao ver-me:

— Oh, Alá te protegeu! Graças a ele pôde escapar, não é verdade?

— Canalha. Graças a você, fizeram-me prisioneiro, assim como ao seu coronel e meu amigo Emery!

— O que está dizendo?

— Seu traidor imundo!

— Oh, não senhor! Eu consegui escapar da emboscada, porque ainda não havia desmontado para acompanhá-los na oração.

— Eu sei que tudo era uma armadilha, já previamente armada. Você é um traidor!

— Está me acusando falsamente. Todos aqui conhecem minha fidelidade ao coronel e ao paxá. Não fui eu quem, arriscando minha vida, consegui escapar para ir buscar reforços em Túnis, para ajudar os soldados do capitão Halaf Ben Vrih? O coronel fez-me sargento por conta disso!

— Certo, mas você foi a Túnis não para buscar reforços, mas sim enganar a todos, e trair-nos. E quem me contou tudo isto foi o próprio capitão Halaf Ben Vrih.

O guia olhou então para os lados, desconcertado, mas procurando defender-se perante os soldados, disse, procurando simpatia:

— Este estrangeiro está louco!

— Ah, é assim? Pois então quem era o cavaleiro com quem se encontrou na noite passada, em nosso acampamento? Eu descobri suas pegadas!

Aquilo o desconcertou mais ainda, porque ele não esperava por isso, e balbuciando, tentou explicar:

— Eu... Eu posso explicar isso, senhor... Eu posso...

— Então o faça. Quem era o misterioso cavaleiro?

— Pois era... era... Já não me lembro! Mas não teria regressado para cá, se fosse um traidor, não é mesmo?

— Você assim o fez para levar o restante do esquadrão para uma armadilha! Amanhã será julgado por seu próprio coronel! Pois saiba que vamos chegar a tempo de salvar Kruger Bey e os outros prisioneiros.

Com voz imperiosa, ordenei aos oficiais árabes:

— Desarmem este homem e o mantenham sob estreita vigilância! Não podemos perder um segundo sequer agora!

Mas aqueles oficiais não me conheciam muito bem, e estavam acostumados a depositar sua confiança no sargento guia. Por isso, ao ver que vacilavam perante minhas ordens, por um instante pensei que tudo estava perdido. Mas o traidor, ao ver a indecisão de seus companheiros, tratou ele próprio de delatar-se, avançando sobre mim com uma faca, gritando numa fúria assassina:

— Maldito estrangeiro! Eu o matarei com minhas próprias mãos!

Eu tinha nas mãos o fuzil de prata de Winnetou e antes de atirar, bati-lhe com a arma. Então, o covarde guia fugiu em direção aos cavalos, montando o primeiro que conseguiu agarrar. Diante da perplexidade geral, partiu a galope.

— Estão vendo agora? Ele está indo para o acampamento dos Uled Ayor, para avisá-los!

Como não tinha tempo a perder, peguei a arma e apontei para o guia, ferindo-o com um disparo. Acertei-o no braço, e soltando um grito de dor, caiu do cavalo alguns metros adiante.

O incidente parecia ter terminado, e eu já estava dando ordens para que os outros o socorressem e o vigiassem, quando escutei uma voz, dizendo em inglês:

— Fez mal em disparar neste homem. Por causa de uma suspeita tola, poderia tê-lo morto. E todos aqui sabem que o guia é um homem valente e devotado.

Voltei-me para encontrar os olhos do falso Small Hunter, que me olhava acusadoramente, para tentar fazer os oficiais beduínos duvidarem de mim novamente. Procurei ter paciência, e repliquei:

— Eu estou certo sobre sua traição, senhor Hunter. E não pense que me passou desapercebido a amizade que o senhor manteve com este guia durante a viagem. Eu os vi várias vezes em longas e secretas conversações. E quer que eu lhe diga o porque desta amizade? Porque ele é o elo que o liga ao *kolarasi* Halaf Ben Vrih, a quem deseja libertar.

— Lamento haver-lhe tratado com alguma amizade, senhor. Vejo que o senhor coloca-se numa posição contrária à minha. Está abusando de minha confiança, por ter-lhe confessado que desejava ajudar a este capitão.

— Lamentará outras coisas piores, "amigo". Posso garantir-lhe.

— Ah, sim? — replicou com grande cinismo. — O que poderei lamentar?

— Que eu saiba de sua relação com um tal de ... Thomas Melton.

— Thomas Melton? — repetiu como um eco, perdendo um pouco do seu aprumo.

— Sim, senhor Hunter... Falo de um homem que também no Oeste americano tentou aprontar suas velhacarias... Um assassino!

— Bom, não conheço este homem e nada sei dele — disse, fingidamente.

— Pois acredite que isto me causa surpresa, porque deveria conhecer ao menos a história do Forte Vintah, por alguém que se chama Henry Melton... O irmãozinho deste safado de quem lhe falei.

— Não sei nada desta história — tornou a negar.

— Se quiser, eu lhe explico tudo: em conseqüência de suas trapaças no jogo, Thomas Melton acabou matando um oficial e dois soldados. Depois, escapou do forte Edward. Se não me engano, ele foi capturado por um caçador das pradarias, que se chamava... Sabe o nome deste caçador, senhor Hunter?

— Mão-de-Ferro.

— Exato, Mão-de-Ferro. E isto me recorda outra aventura que este mesmo caçador também tomou parte. Thomas Melton tinha um irmão que se chamava Henry e que foi ao México conseguir, por meios fraudulentos, fortuna. E Mão-de-Ferro também desbaratou seus planos criminosos.

Fiz uma pequena pausa antes de acrescentar:

— Thomas Melton, enfim, senhor Hunter, tem um filho que se chama Jonathan Melton, que está viajando pela Europa como companheiro de viagem de um jovem amigo seu, e com o qual se parece muito. Da Europa vieram para o Oriente... não é mesmo?

— Como... como sabe disso? — perguntou, já sem poder conter-se mais, e olhando-me com uma expressão aterrorizada.

— Fiquei sabendo por pura casualidade. Ele estava acompanhando um jovem norte-americano que... Veja só como são as coisas! Chamava-se exatamente como você: Small Hunter. Não é assim?

— Não... Não sei! E chega desta conversa absurda! Está me cansando com estas maluquices.

— Pois você ainda nem sabe do melhor... Não adivinha quem eu sou?

Olhando-me fixamente, o jovem Melton balbuciou:

— Mão... Mão-de-Ferro, talvez? Quer dizer... Quer dizer que você é Mão-de-Ferro?

— Exatamente. E posso lhe assegurar que não tardará em convencer-se disso por completo. Se tem ainda alguma dúvida, pergunte a Emery, que me conhece a fundo, já tendo percorrido as pradarias americanas comigo, muitas vezes. Ou então a Kruger Bey, que tem provas que eu sou alemão e que me chamam de Mão-de-Ferro nas pradarias americanas. Ou ao somali que apresentei-lhe como Ben Afra, que não é ninguém mais que meu irmão de sangue, o famoso chefe dos apaches Winnetou.

— Isto não pode ser verdade! O que vocês estariam fazendo em Túnis?

— Procurando Thomas Melton. E nós o descobrimos, debaixo do seu disfarce de kolarasi, e com o nome de Halaf Ben Vrih. Lembra-se que havia lhe prometido uma notícia muito importante?

— Já disse para me deixar em paz! O que me importa estas pessoas sobre as quais está falando? Eu sou Small Hunter e não tenho nada a ver com isto tudo!

Tentou afastar-se, mas agarrei-o pelo braço:

— Sem pressa, meu amigo! Não o perderei de vista até haver falado com este jovem norte-americano que está em companhia do falso capitão Halaf Ben Vrih. Ou seja, o autêntico Small Hunter.

— Deixe-me em paz!

— Mas estou querendo prestar-lhe um favor! — sorri cinicamente. — Por causa deste jovem, podem pensar que você não é o verdadeiro Small Hunter.

— Então o senhor suspeita da minha identidade, verdade? Sinto muito, mas o senhor não tem prova nenhuma para acusar-me desta maneira!

— Eu não tenho provas, mas o senhor as leva em forma de cartas, que guarda muito bem, mas as quais eu já li!

— Ah! — exclamou. — Então me roubaram! Eu sim é que os acusarei!

— Ninguém roubou-lhe nada, mas esqueceu-se que Winnetou dividiu o camarote com você? Foi quando tivemos a oportunidade de examinar sua correspondência. Correspondência a qual o senhor vai me entregar agora!

— Nem em sonhos!

Ao falar assim, colocou a mão sobre o peito, no afã de proteger a carta que podia levá-lo à forca. Deixei de falar em inglês e, em árabe, chamei um dos oficiais, contando-lhe em breves palavras quem era realmente aquele homem, que em pouco tempo estava engrossando a fila dos prisioneiros da tribo de Uled Azar.

Mas, antes, tomei-lhe a carta que me interessava, e sentia-me pronto para enfrentar Thomas Melton.

# A Paz

## Capítulo Primeiro

Reuni um rápido conselho de guerra com os oficiais dos três esquadrões militares, para pô-los a par de tudo o que se passara, e do perigo que iríamos enfrentar.

Decidimos que o primeiro esquadrão, comandado por seu capitão, iria para a entrada do desfiladeiro, enquanto que o segundo rodearia a montanha, sob meu comando, para fechar a saída da passagem. O terceiro esquadrão foi encarregado de subir até o cimo da montanha, para ocupar as bordas do precipício em ambos os lados.

A hora do nosso ataque foi marcada para o momento da oração matinal, que os beduínos chamam de *fagr*. Isto nos permitiria uma vantagem notável, dado que nossos homens, ainda que árabes e cumpridores dos seus deveres religiosos, pertenciam a outra seita distinta dos Uled Ayor, o que permitia que fizessem suas orações algumas poucas horas antes que os Uled Ayor, o que iria nos possibilitar surpreendê-los.

Para nossa sorte, quando começamos a tomar posição para o ataque, notamos que o inimigo havia cometido uma imprudência inconcebível. Eles não haviam posto sentinelas nos lugares mais indicados, e foi-nos extremamente fácil ir silenciando um a um, simplesmente golpeando-os de surpresa.

A luz havia aumentado com o nascimento do novo dia, permitindo-nos ver todo o desfiladeiro. Deslizei então até onde estavam as montarias de nossos inimigos, podendo ver que os prisioneiros dos Uled Ayor estavam bem vigiados, por uns vinte sentinelas. Ao longe podia divisar um espaço livre, passado o qual começava realmente o acampamento dos rebeldes.

Dispus-me a libertar os soldados primeiro, motivo pelo qual retrocedi e voltei sobre meus passos, guiando uns trinta homens, aos quais recomendei em voz baixa:

— Nada de ruídos! Os homens que estão guardando os presos não passam de vinte; cada um de vocês escolherá um deles e o atacará de surpresa. Usem a culatra de seus fuzis para deixá-los tontos. Então, libertaremos os prisioneiros.

Foi um golpe audacioso aquele, do qual livraram-se dois ou três dos sentinelas, que escaparam correndo aos gritos; mas o resto de seus companheiros ficou por ali, estendidos no chão sem sentidos, e pouco depois eu já podia dizer aos soldados prisioneiros:

— Estão livres, rapazes! Recuperem seus cavalos! Terminou o descanso para vocês!

Eles tinham sede de vingança e eu tive trabalho foi para contê-los. Mas consegui que todos cumprissem minhas ordens e, aumentada minha tropa com este reforço, saímos da garganta da montanha para dominar dali o inimigo que, surpreendido em meio a sua oração matinal, não teve tempo de empunhar armas.

Aproveitando a confusão dos beduínos, com meus trinta homens e os soldados liberados, continuei entrando pela estreita passagem. Disparamos para o alto, e os estampidos fizeram retroceder nossos inimigos. Seu aturdimento e espanto eram tão grandes, que ninguém sabia o que fazer.

Mas, dominando o barulho, a voz do velho *sehich* destacou-se, procurando impor a ordem entre seus homens. Foi então que soou outra descarga na entrada do desfiladeiro, e mais outras, partindo das alturas da montanha.

Estavam cercados!

Um alarido de raiva e desespero brotou do acampamento e os Uled Ayor, obrigados a retrocederem, se reuniram no centro da passagem entre a montanha. Foi quando enviei-lhes um dos meus tenentes como emissário, levando as instruções necessárias e um lenço branco, que agitava como sinal de nossa boa vontade.

Dez minutos depois meu emissário regressava, acompanhado do velho chefe dos rebeldes beduínos, a quem saudei, levando ambas as mãos ao peito e inclinando-me:

— Seja bem vindo, respeitável *sehich* dos Uled Ayor. Ontem era seu prisioneiro, e não quis escutar minhas palavras. Por isso, fugi do seu acampamento, e agora, terá que tratar comigo.

Também ele inclinou-se, respondendo:

— Eu o saúdo também; seu emissário prometeu-me passe livre, e espero que cumpra sua palavra.

— Eu a cumpro sempre, e a prova disso é que poderá regressar junto aos seus quando quiser. Mas antes, escuta bem o que tenho a oferecer-lhe: a paz.

— Uma paz vergonhosa?

— Vocês devem pagar o tributo ao paxá, e ainda não o fizeram. Estou propondo ao senhor um meio de pagar esta contribuição, sem precisar de desfazer-se de nem mesmo um pouco de lã dos seus rebanhos.

E as deliberações para firmar a paz entre os dois bandos começaram. Eu oferecia não só a mulher e o filho que havia salvo, mas também os treze prisioneiros dos Uled Azar que havíamos feitos, inclusive seu chefe Farod el Arsvad, pelos quais poderia pedir, segundo a lei do Livro Sagrado, mil e quatrocentos camelos, ou o equivalente em dinheiro. Ele, por sua vez, comprometeria-se a entregar-me com vida o coronel Kruger Bey e meus amigos Emery e Winnetou, além do norte-americano que se fazia chamar por Halaf Ben Vrih, e o jovem Small Hunter.

Sem deixá-lo pensar muito, recomendei que aceitasse, já que não estavam em condições de resistirem ao ataque dos trezentos soldados que estavam no desfiladeiro.

Mas ele também deveria cumprir tudo o que fosse acertado, evitando a morte dos prisioneiros dos Uled Azar, e pagando o paxá o devido, com o resgate que iriam obter. Prometi, por nosso lado, que não iríamos nos afastar dali, até que os Uled Azar tivessem pago o devido resgate.

O chefe beduíno refletiu e disse ao final:

— Você é um estrangeiro para nós. Quem irá garantir que isto realmente será cumprido?

— O coronel Kruger Bey, representante do paxá de Túnis.

— E ele aceitará estas condições?

— É só consultá-lo. Agora serei eu quem entrarei em seu acampamento, com sua palavra de honra que me tratará lá como o tratamos aqui.

Minutos depois o velho *sehich* punha-se em marcha, e eu o seguia sem nenhum receio, confiando em sua palavra e, além disso, com a segurança de que nada tentariam para tentar reter-me lá. Trezentos soldados ocupando excelentes posições eram já por si uma enorme garantia, o que não impediu que, ao chegar ao acampamento dos Uled Ayor, fosse recebido com olhares de intenso ódio.

Aquele era um risco que teria que correr, não somente em busca da paz, que pouparia muitas vidas, tanto de um quanto de outro lado, mas também para salvar meus amigos.

## Capítulo II

Meus receios diante daqueles olhares de raiva desapareceram, quando o chefe dos beduínos rebeldes buscou um lugar mais elevado, para que assim todos o pudessem ver e escutar:

— Ouçam todos o que tenho a falar! Este *effendi* estrangeiro nos traz a paz, a riqueza, e também honra. Eu ofereci-lhe passe livre no nosso acampamento, logo ele está sob minha proteção. Aquele que ofendê-lo, ofenderá a mim, e vocês todos estão sob o comando do chefe dos Uled Ayor!

Suas palavras causaram um impacto profundo e uma mudança radical na atitude daqueles beduínos. Dentro em pouco o coronel Kruger Bey, o bom Emery e Winnetou foram postos em liberdade, e juntos conferenciamos, dizendo ao final destas deliberações o chefe da Guarda do senhor:

— Ambos os lados aceitam as condições de paz e, como representante legítimo do soberano de Túnis, eu as aprovo. Aquele que tiver algo contra, que nos deixe ouvir sua voz.

Por um momento temi que tudo fosse por água abaixo, ao ouvir o chefe dos Uled Ayor murmurar:

— Há somente uma coisa que não podemos cumprir, pois nos será impossível!

— E qual é, nobre ancião! — indaguei imediatamente.

— Não podemos entregar-lhe esse americano que o traidor Halaf Ben Vrih trazia consigo, pois ele foi assassinado!

— Como? — exclamou Emery. — O verdadeiro Small Hunter está morto?

— Assim é — tranqüilizei-os. — Eu já temia por isto. Mas já que não conseguimos evitar esta tragédia, gostaria que o chefe dos Uled Ayor se dignasse a nos contar como isto foi acontecer.

— Podem ter certeza que minha boca não mentirá — disse o velho *sehich*. — Quando o capitão Halaf Ben Vrih pactuou comigo, entregando-me seus soldados, eu aceitei, pois isso evitaria a luta. Também aceitei que deixasse escapar um mensageiro, porque isto nos traria novos soldados do coronel Kruger Bey, para a tentativa de resgate dos que já estavam prisioneiros. Mas esse americano que acompanhava o capitão discutiu com ele, e Halaf Ben Vrih simplesmente atirou nele.

Fez uma pausa em seu relato, acrescentando logo, como desculpando-se, agora que já não éramos mais inimigos:

— Nada disse-lhe então, porque era algo que não me interessava. Mas agora que estão me pedindo a vida deste homem que o capitão matou, eu...

— Vou pedir-lhe que traga aqui esse capitão, que não é ninguém mais que Thomas Melton. Deve responder por seu crime!

Thomas Melton apresentou-se diante de nós melancólico e cabisbaixo. As coisas não haviam saído como ele planejara. Havia traído seu coronel, entregando ao inimigo seu esquadrão, e Kruger Bey já não o defendia. E agora até mesmo o chefe dos Uled Ayor o condenava, e nós...

Quando reconheceu Winnetou, deve ter recordado as contas pendentes que havia deixado no oeste da América, e olhou-nos cheio de ódio. Dois soldados o traziam bem vigiado, e olhando acusadoramente para o chefe dos beduínos, acusou-o furioso:

— Você me traiu! Não pode me entregar a estes estrangeiros!

— Seja você o capitão Halaf Ben Vrih, ou Thomas Melton, como eles dizem, o certo é que um verme traiçoeiro como você não pode acusar ninguém! — respondeu solenemente o *sehich*.

Ao ver que o transtornado Melton iniciava uma série de insultos, resolvi intervir:

— Nada disso importa agora, Melton; sabe de sobra quem eu sou, e que Winnetou também conhece sua verdadeira identidade. Asseguro-lhe que você e seu filho, o falso Small Hunter, a quem também temos prisioneiro, irão responder por mais um crime. Seu plano estava bem traçado, mas era por demais ambicioso. Com a semelhança entre seu filho e pobre Small Hunter, pensaram poder apossar-se da herança, mas não vão conseguir! Você matou o verdadeiro Small Hunter, e tenho as provas deste crime!

Furioso, o criminoso voltou seus gritos de ódio para mim:

— Nunca pensei que chegasse até aqui, Mão-de-Ferro! Que o diabo carregue você e este índio imundo! Este crime do qual está me acusando, você não tem provas, e nunca as terá! Você está blefando!

— Nós conseguiremos as provas. O chefe dos Uled Ayor irá testemunhar o crime ocorrido aqui! E prometo-lhe que você e seu filho terão o julgamento que merecem!

Ele cuspiu no tapete em que estávamos sentados, num gesto grosseiro e provocativo. Percebi que não adiantava continuar conversando com aquele canalha, e pedi ao chefe do acampamento:

— Vigiem-no bem, e ao seu filho também. Agora temos coisas mais importantes a tratar.

Assim era. Tínhamos que enviar um emissário à tribo dos Uled Azar para negociar o resgate do seu chefe e dos outros treze prisioneiros, coisa que não pôde ser feita sem a mais prolongada negociação, já que eles consideravam excessivo o preço de cem camelos para salvar-lhes a vida.

Ao fim, tudo correu como o combinado. Partiram os emissários e os beduínos e soldados, pouco antes inimigos, ficaram misturados num mesmo acampamento, do qual, no entanto, o prudente Kruger Bey mantinha controle por meio de sentinelas espalhados.

Era natural que, dados os costumes do país, tal acontecimento fosse celebrado com um bom banquete. Não economizou-se para que fosse um banquete abundante, e ainda que os beduínos fossem muito sóbrios em todas as suas necessidades, demonstraram uma surpreendente voracidade naquele festim.

Logo a animação espalhou-se pelo acampamento e, horas depois, fomos dormir. Haviam-me designado uma tenda, que dividiria com Winnetou e Emery, enquanto que o coronel Kruger Bey e o velho *sehich* dos Uled Ayor, ocupavam tendas individuais, na qualidade de chefes.

## Capítulo III

Antes de recolher-me para o descanso, dei uma volta pelo acampamento, para verificar como estava tudo transcorrendo, e aproveitando também para dar uma olhada nos Melton. Ambos encontravam-se debaixo de severa vigilância, e pareceu-me não haver motivos para preocupação.

Mas naquele passeio noturno pude notar que uma sombra furtiva seguia-me por todas as partes e, escondendo-me repentinamente dentro de uma das tendas, consegui surpreender meu perseguidor. Minha surpresa foi enorme ao ver que se tratava de um beduíno dos Uled Ayor. Colocando-o sob a mira de meu revólver, perguntei:

— O que quer? Por que está me seguindo?

— Não se alarme, *effendi* — respondeu amistosamente. — Não faço nada mais que o vigiar.

— Vigiar-me?

— Está sob minha proteção! Está decidido assim.

— E por que?

— Sou marido da mulher que salvou, *effendi* — esclareceu, sorrindo de orelha a orelha. — Nem ela nem meu filhinho estariam vivos se não fosse por sua causa, e por isso devo protegê-lo de todo o perigo.

— Eu agradeço a preocupação, amigo, mas não creio estar correndo nenhum perigo. A paz foi estabelecida e, como todos saíram ganhando, não creio que alguém queira fazer-me mal.

— Só Alá pode saber disso! Então, pelo sim, pelo não, eu o vigio!

Era tranqüilizador, de certa forma, saber que aquele homem estava disposto a proteger-me, movido por sua sincera gratidão. Não queria tirar-lhe o prazer de cumprir o que ele considerava uma obrigação, motivo pelo qual dei-lhe boa noite, e dirigi-me à minha tenda, dormindo rapidamente.

Mais ou menos às três da madrugada, um grito acordou-me:

— Quem está aí? Para trás ou eu atiro!

Winnetou levantou-se com um salto, pegando seu fuzil de prata e eu, levantando-me também prontamente, peguei um dos meus revólveres, que tinha sempre perto de mim, mesmo durante o sono.

— Para trás, eu já disse! — repetiu a mesma voz.

Saímos da tenda correndo, e tive que salvar o meu protetor, pois Winnetou já se dispunha a pular sobre ele, para derrubá-lo com seu fuzil. Consegui deter Winnetou, e perguntei ao beduíno:

— O que aconteceu?

— Estava aqui vigiando, quando distingui, entre as sombras da noite, um homem arrastando-se furtivamente em direção à tenda. Quando gritei, ele fugiu por ali.

O fiel beduíno apontava a parte sul do acampamento. No entanto, não conseguimos descobrir ninguém, e ele nos aconselhou:

— Volte a dormir, *effendi*. Estou velando por você!

O que podia fazer? Despertar todo o acampamento, dando o sinal de alarme? Não podia ser aquilo fruto da imaginação daquele homem, que tentava mostrar-me seu agradecimento por ter salvo sua esposa e filho?

Voltei para a tenda com Winnetou e não tardamos em dormir novamente, certamente mais cansados ainda depois deste alarme falso.

Mas no dia seguinte, assim que saímos da tenda, vimos o velho coronel Kruger Bey correndo em nossa direção, quase sem fôlego:

— Escaparam! Conseguiram escapar!

— Os Melton? — perguntei, alarmado e contrariado. — Que má sorte! Vou procurá-los agora mesmo!

Com sua habitual calma, Winnetou quis saber mais detalhes:

— Não estavam sendo vigiados? Como conseguiram fugir?

— Surpreenderam a um dos sentinelas que os estava vigiando. Um foi esfaqueado e o outro... Bom, o outro desapareceu com eles!

— Isso quer dizer que um dos sentinelas era comparsa destes canalhas. Essa foi a sombra que o beduíno disse ter visto ontem a noite! — disse a Winnetou.

— Pois meu irmão e eu escapamos, graças a este homem, de morrermos assassinados! — comentou o apache. — É certo que os Melton irão querer vingança!

— Não só vingança, Winnetou, eles querem nos silenciar para sempre. Você e eu somos os únicos que podemos impedir que Jonathan Melton leve adiante seu plano de assumir a identidade de Small Hunter, apossando-se assim da herança.

— Devemos persegui-los! — disse vivamente o chefe apache.

Voltei-me para o coronel Kruger Bey e para o chefe dos beduínos, que também havia acudido ao ver a agitação causada no acampamento por conta desta fuga. Roguei aos dois:

— Necessitamos dos três camelos mais resistentes e velozes que tiverem aqui. Winnetou e Emery irão me acompanhar, para caçarmos estes dois canalhas. Têm outros crimes pelos quais pagar!

— E não conta comigo? — disse o velho coronel.

— Você tem que permanecer aqui, Kruger. Sua autoridade é necessária na tropa, que deve esperar a cheguada do preço do sangue que devem pagar os prisioneiros Uled Azar aos beduínos Uled Ayor. E você ainda terá que cobrar os tributos do paxá!

— Está com a razão. Mas posso mandar um destacamento de meus soldados para acompanhá-los.

— Agradecemos sua ajuda, mas o que mais precisamos é rapidez e liberdade de movimentos. Nós três poderemos persegui-los mais facilmente, mas agradecemos a oferta!

— Está bem; só posso desejar-lhes boa sorte então, além de agradecer a você e a seus amigos, por tudo o que fizeram. Sua intervenção oportuna evitou uma grande batalha, poupando a vida de muitos.

Apertou a mão de Emery Bothwell, fazendo o mesmo com Winnetou. Quando aproximou-se de mim, disse:

— Farei com que o soberano de Túnis saiba de tudo o que se passou! Não se esqueça que sou o braço direito do paxá.

Minutos depois, já montados nos camelos, começamos a perseguição que já prevíamos acidentada, sobretudo por tratar-se dos Melton, que sabíamos serem capazes de tudo. Mas podíamos contar com a experiência de Winnetou que fosse nas pradarias americanas, fosse nos desertos africanos, saberia rastreá-los com extrema habilidade.

E isto confirmou-se, antes de cumprirmos a primeira hora de nossa marcha:

— São astutos e não querem cometer erros. Por isto estão indo em direção ao norte, para que os sigamos nesta direção. Estão certos de que vão encontrar ali um terreno mais duro, onde as pegadas dos seus camelos não fiquem visíveis. E assim que encontrarem este terreno, irão mudar de rumo, em direção ao oriente.

— E como sabe disso, Winnetou? — quis saber Emery.

— Porque ninguém que está fugindo, e principalmente sendo tão astutos quanto estes Melton, deixariam pegadas tão claras. Ainda mais que sabem que eu e Mão-de-Ferro os iríamos perseguir, com toda a certeza.

Eu sempre tinha confiado na perspicácia de Winnetou, e não teria motivos agora para colocá-la em dúvida. Ele era um excelente observador, e não deixava passar nem mesmo um mínimo detalhe. Sua vista aguda muito o ajudava nesta tarefa, e o sol já ia alto quando anunciou, antes que eu e Emery pudéssemos notar algo:

— Ali vai um homem!

Fazia tempo que havíamos deixado para trás o *warr* e nos encontrávamos num plano extenso do deserto. Emery e eu cravamos os olhos no horizonte distante e à medida que avançávamos, pudemos divisar um homem que permanecia imóvel, parecendo não saber que direção tomar naquela imensidão solitária.

— Está de uniforme! — disse Emery, olhando através de seus binóculos.

— Deve ser o sentinela que ajudou na fuga dos Melton — opinei. — Aposto que foi abandonado deliberadamente. Já conhecemos os Melton: para salvarem-se, devem ter prometido mundos e fundos, e depois de verem-se a salvo, o abandonaram como um cão sarnento.

— Pobre diabo! — apiedou-se Emery. — Irá passar por maus bocados. Libertar prisioneiros e desertar certamente lhe valerá a pena de morte. Tentará livrar-se destas acusações, conseguindo o perdão de Kruger Bey?

A pergunta era dirigida a mim, e não soube o que responder. Já estávamos chegando próximo ao soldado desertor que, ao ver-nos, colocou-se de joelhos, soluçando:

— Oh, obrigado, *effendi*, obrigado! Alá os enviou para que não morra de sede e cansaço aqui!

— Por sua exclusiva culpa. Por que ajudou os prisioneiros a fugirem?

— Eles me prometeram que... Éramos dois sentinelas e quando o outro foi beber água, o prisioneiro mais velho pediu-me que lhe devolvesse o embrulho.

— Que embrulho? — indaguei secamente, sem fazer caso dos pedidos do homem para que nós lhe déssemos água.

— Ele havia me dado um pacote, para que eu o guardasse. Deu-me isto quando os viu chegar ao acampamento, dizendo que continha umas relíquias valiosas para ele. Quando me viu de sentinela, pediu-me que devolvesse o pacote, onde não guardava relíquias, e sim muito dinheiro, do qual me daria uma boa parte. E eu...

— Continue, e poderá beber água — ordenei, sem dar-lhe o cantil.

— Prometeram que só matariam o outro sentinela, mas quando cortei as amarras com minha faca, um deles pegou-a e matou o outro sentinela, que se aproximava. Já não podia negar-me a segui-los e, procurando o pacote que estava guardando para eles, decidi fugir também.

— Diga-me uma coisa: eles fugiram assim que se viram livres?

— Não. Mandaram-me pegar os camelos, e o mais velho, pegando a faca, saiu em direção às tendas. Dentro em pouco eu o vi regressar correndo, e ouvi uma voz gritando no acampamento.

Lancei um olhar para Winnetou e Emery, comentando:

— Não há dúvida: esses canalhas tentaram nos matar antes de fugirem. Foi sorte nossa que o marido da mulher que salvei tenha estado nos vigiando, atento.

O soldado desertor suava por cada poro da sua pele, e com um gesto mudo ofereci-lhe o cantil para que matasse a sede. Depois de beber um pouco de água, continuou seu relato:

— Logo os dois canalhas me tomaram o camelo, abandonando-me, e levando o pacote com o dinheiro.

— Este pacote devia pertencer ao verdadeiro Small Hunter, e por isso Thomas Melton o matou. Para tomá-lo! — disse.

— Antes que o abandonassem, pôde perceber para onde eles se dirigiam?

— A Túnis — disse o desertor, prontamente. — Assim pelo menos falavam entre si.

— Mas não vão para Túnis. Só falaram assim porque já tinham a idéia de abandonar você por aqui, e era isso que queriam que você dissesse a quem por acaso o encontrasse, e se por acaso você fosse encontrado! Você foi um imprudente! — disse secamente.

— Eu sei. Chegaram a me ameaçar com meu próprio fuzil. Não devia ter confiado neles!

— Agora não tem mais remédio. Você está numa enrascada. O que pensa fazer?

— Não vão prender-me? — perguntou, estranhando muito.

Tínhamos coisas muito mais importantes para fazer do que prender um soldado desertor, e por isso anunciei:

— Não sou sei chefe! Cabe a ele te prender!

— Oh, Alá! Sua bondade é grande como este deserto. Mas não tenho camelo, nem água, nem víveres, e careço de dinheiro. Aonde posso ir? Quem ajudará um desertor? Esses canalhas me transformaram no homem mais desgraçado do mundo!

— Foi sua ambição que causou sua desgraça — interveio Emery, para perguntar-me em seguida: — Estamos longe da fronteira argelina?

— Eu posso responder a isto, effendi — disse o desertor. — Se puder evitar as aldeias, umas vinte horas a pé.

— Sabe se existem tropas francesas na fronteira?

— Sim, em Tibezzas, a um dia de caminhada daqui.

— Pois aí está a solução para seus problemas. Vá para lá e aliste-se na Legião Estrangeira. É a única solução para o seu caso. Nós lhe daremos um pouco de água e víveres, para que possa se agüentar. E trate de se virar para salvar sua pele, porque se o seu coronel o apanha... Está perdido!

O rosto do desertor resplandecia de alívio e alegria, e prorrompeu ele em um agradecimento sem fim. Nós não tínhamos tempo para escutar aquela lengalenga, e depois de providenciarmos a água e os víveres, continuamos nosso caminho.

## Capítulo IV

Continuamos nossa marcha até que a escuridão nos obrigou a parar, pernoitando naquele extenso plano solitário, mas não sem antes tomarmos algumas medidas de segurança.

Na manhã seguinte, antes que o sol se levantasse, já estávamos novamente a caminho, e por um instante receei que Winnetou não conseguisse seguir os rastros. O vento que sopra à noite no deserto havia apagado todas as pistas e, assim parecia, pois o apache parecia vacilar, fazendo-nos avançar com menos firmeza e mais vagar.

Logo o deserto começou a apresentar uma vegetação pobre e raquítica, que no entanto ia tornando-se mais abundante à medida que nos aproximávamos de umas ondulações do terreno que se levantam de norte a sul.

— Isso deve ser o *wadi* Budanas — disse aos meus amigos. — Se for assim, atrás estão as ruínas de El Khina, que devemos deixar ao sul, atravessando Dschebel Ussalat, pelo declive que vai para o norte.

Winnetou e Emery olharam na direção que lhes indicava, e o olhar de lince do apache logo detectou algo:

— Ali estão alguns cavaleiros, à esquerda.

Apontava para o noroeste onde, efetivamente, podiam-se ver alguns pontos móveis, que pareciam deslizar sobre o terreno. Não tardamos em poder contar oito cavaleiros, e reconhecer que eram beduínos. Homens que cavalgavam constantemente pelo deserto e que também nos haviam visto.

Estavam todos bem armados, mas não davam mostras de abrigar propósitos hostis ou belicosos. Quando nossos grupos se encontraram, aquele que parecia ser o chefe saudou-nos:

— *Sallam*!

— *Sallam*! — respondemos os três, e eu acrescentei:
— É *wadi* Budanas que está por trás destas colinas?

— Sim — respondeu aquele que parecia ser o chefe.

— A que tribo pertencem?

— Somos guerreiros Meedseheris, e estamos caçando gazelas.

— Se cruzaram o *wadi*, é possível terem visto dois estrangeiros, montados em soberbos camelos.

— Nós os vimos esta manhã; até os convidamos para descansarem conosco, mas disseram ter muita pressa. Um deles era *kolarasi* do paxá, pude perceber por causa do uniforme.

— Sabem para onde se dirigiam?

— Sim, para Kairuan. Mas... Quem são vocês, para estarem fazendo tantas perguntas?

— Conhece o coronel Kruger Bey, chefe da guarda do senhor?

— Nós o conhecemos, é nosso protetor.

— Somos amigos dele, e estamos vindo de seu acampamento, depois de havermos vencido os rebeldes Uled Ayor, com os quais acabou-se de assinar um tratado de paz.

— Se estão vindo de seu acampamento, também são protegidos de Kruger Bey, não é?

— Somos amigos pessoais. Diga-me agora seu nome.

— Sou Welad en Nari, *sehich* dos Meedseheris. E os convido a descansarem em nosso acampamento, que não está distante daqui.

Como estávamos cansados e necessitando repor nossas provisões, não hesitamos em aceitar a generosa hospitalidade. Juntamo-nos ao seu grupo e, enquanto nos encaminhávamos para o acampamento, entabulamos animada conversação, que eu ia traduzindo para Winnetou, já que este desconhecia por completo o árabe. Ele também não conseguia compreender o modo de agir dos beduínos, e por isso me perguntou:

— Meu irmão agrada deste homem?

— Você não, Winnetou?

— Não! Uma barba espessa cobre seu rosto, como se fosse um véu; mas Winnetou adivinha em seus olhos o fogo da maldade.

Eu não abrigava nenhum temor, já que nada denotava ali uma emboscada. E não obstante, pelo fato de ter sempre confiado na opinião e na intuição de Winnetou, coloquei-me de sobreaviso.

Mas, o que poderíamos fazer agora, se já tínhamos aceito o convite, e caminhávamos lado a lado? Se recusássemos agora, poderia parecer uma afronta, e se eram realmente nossos inimigos, qualquer movimento que fizéssemos na tentativa de fuga, provocaria medidas drásticas da parte dos beduínos. O melhor era saber esperar, mantendo-se sempre alerta.

Alcançamos logo a parte mais alta da colina. Dali ela descia suavemente, formando um amplo vale, conhecido por *wadi* Budanas. As condições daquele terreno anunciavam que, em épocas chuvosas, o *wadi* transformava-se num imenso lago, mas naquele momento era um vale frondoso e fresco, já que havia um leito de água potável correndo sob o terreno.

Continuamos descendo e ao dobrarmos uma curva, encontramo-nos diante de uma aldeia de beduínos nômades. O *wadi* era ali muito mais largo e estava coberto por uma vegetação substancial. Estava repleto de cordeiros, cavalos, cabras, bezerros e camelos, que podiam contar-se às centenas. Isso nos fazia deduzir que a tribo dos Meedseheris era rica e próspera.

Avançávamos por entre as rochas, e ao chegarmos a um trecho onde iniciava-se um desfiladeiro, o chefe dos beduínos desceu do cavalo, inclinou-se com um sorriso amável nos lábios e mostrou a greta aberta entre duas rochas gigantescas. Percebi que era por ali que se entrava em seu "reino":

— Sejam bem-vindos ao nosso povoado. Entrem por aqui no nosso formoso vale e satisfarei seu apetite com as iguarias que lhes ofereceremos.

Os outros beduínos também apearam, e nós seguimos o exemplo, cortesmente. Um deles, muito prestativo, ofereceu-se para cuidar dos nossos camelos e levou-os até onde pastavam três alazãos magníficos, que estavam separados do restante da criação. Com um golpe de vista, dei-me conta de que aqueles cavalos eram de um valor extraordinário e, ao ver meu interesse, o sehich dos Meedseheris informou-me:

— A genealogia destes três cavalos chega até à égua favorita do profeta. Somente estes três cavalos valem a metade do valor dos nossos rebanhos inteiros.

E com um gesto cortês, indicou-nos que devíamos entrar por aquela estreita abertura na rocha, o que obedecemos, para não ofendê-lo. As paredes laterais das rochas alcançavam uns cinqüenta metros de altura, e aquela entrada era tão escarpada que permitia que apenas um homem passasse por vez. A uns doze passos brotava um manancial da terra, formando um pequeno e fresco pântano.

Fiando-me no instintivo receio de Winnetou, não quis entrar primeiro, e optei por oferecer a dianteira ao beduíno, dizendo-lhe muito amavelmente:

— Você primeiro, por favor! Estamos em seu vale!

E quando ele adiantou-se e passou a frente, não havia mais motivos para não fazermos o mesmo. Entramos numa espécie de caverna rochosa, muito fresca, fechada ao fundo por rochas escarpadas.

Era aquilo uma armadilha?

O chefe dos Meedseheris deve ter percebido o ligeiro receio nos olhos de Winnetou, por ser aquele um lugar fechado, e então tratou de dizer, sempre amistosamente:

— Não temam, chamamos este lugar de "A casa das visitas". É onde alojamos nossos hóspedes ilustres. Assim que estiverem acomodados, eu terei a honra de acompanhá-los na primeira refeição com os homens da minha tribo.

Sentou-se no chão, junto ao pequeno lago, tirando as armas e entregando-as para um de seus homens. Enquanto nos sentávamos, um dos beduínos ofereceu-se para também segurar nossas armas. Aquilo já começava a me cheirar mal, e decidi fazer-me de desentendido, deixando meu famoso rifle "Henry" no chão, próximo a mim, no que fui imitado por meus companheiros, que também sentaram-se, mas deixaram as armas ao alcance das mãos.

O chefe dos beduínos olhou-nos com certa estranheza, mas terminou por sorrir com a mesma amabilidade habitual. Sua mão imperiosa fez um gesto, indicando ao homem que nos deixasse tranqüilos. Logo apareceu uma formosa jovem, trazendo cabaças cheias de água fresca, que tomamos com satisfação. À moça seguiu-se um beduíno, que trazia quatro *tschibuks*, uma bolsa com tabaco e um braseiro aceso. O *sehich* em pessoa encheu os cachimbos, sabendo eu que isto era uma honra raramente concedida aos convidados.

— Fumem comigo — convidou-nos. — A fumaça do tabaco é uma nuvem que eleva o espírito até o céu. Logo nos trarão a comida, que eu espero que lhes agrade.

Ainda não havíamos terminado de fumar, quando a linda moça voltou, trazendo cuscuz frio, uma espécie de arroz muito saboroso que os árabes fazem, colocando-o em uma mesinha entalhada com mil filigranas.

— Quando trará a carne, Selina? — perguntou o *sehich* à mulher.

— Logo, meu senhor — respondeu ela, afastando-se e desaparecendo atrás da estreita abertura entre as paredes da rocha.

— Pode trazer também...

O chefe interrompeu-se, olhando-nos sorridente e balançando a cabeça, como para nos indicar que a diligência da mulher em retirar-se não havia permitido que ele terminasse sua ordem. Levantou-se com presteza, e como se fosse a coisa mais natural do mundo, foi atrás dela, chamando-a:

— Selina! Selina! Não está ouvindo?

— Aonde vai! Que ele não saia daqui! — advertiu-me Winnetou, em apache.

Mas já era tarde!

O traidor beduíno também havia desaparecido e, assim que saiu daquele recinto rochoso, uma enorme pedra, que deveria pesar várias toneladas caiu, deixando-nos presos naquele lugar que havia se convertido numa prisão rochosa.

# Na Caverna

## Capítulo Primeiro

Nós ignorávamos como aquela enorme pedra havia sido empurrada, para fechar completamente a saída da caverna. Corremos alarmados para lá, tentando movê-la, enquanto Emery reclamava:

— Maldição! Fomos uns asnos!

— Winnetou havia adivinhado a maldade deste homem — disse, mas agora era tarde.

Os gritos de júbilo dos beduínos chegavam até nós, numa confusa algaravia. A julgar-se pelo ruído, devia haver muitos deles reunidos ali, sinal inequívoco de que tudo já estava preparado para nos prender.

— Meus irmãos brancos assim aprenderão a não confiar nos "finos" modos destes beduínos traidores — sentenciou Winnetou.

— Não havia motivo para desconfiança — defendeu-se Emery, mal-humorado. — O que a tribo dos Meedseheris pode ter contra nós?

— Começo a pensar que não são Meedseheris — disse. — São Uled Azar.

— Pois isso seria uma fatalidade para nós, amigo. Mas, ainda assim, por que teriam nos feito prisioneiros?

— Pense bem, Emery: provavelmente os Melton estiveram aqui, procurando a tribo dos Uled Azar, e contando-lhes todo o sucedido. Devem ter-lhes contado que o seu sehich e treze guerreiros caíram prisioneiros, e que seria pedido um elevado resgate por conta deles.

Com toda certeza, suspeitavam que nós os perseguiríamos, e disseram então que fomos nós os responsáveis por tudo isto. E estes espertos beduínos prepararam uma armadilha para nos capturar.

Tanto Winnetou quanto Emery acharam minhas considerações passíveis de serem verdadeiras, e Emery completou então, indignado consigo mesmo:

— O diabo leve estes Melton! Bonita situação a nossa.

Não era questão de lamentar-se e sim de tentarmos achar um meio de sair dali. Mas meia-hora depois, havíamos comprovado que nenhuma força humana seria capaz de mover aquela enorme pedra. Winnetou pensou um pouco, e então disse:

— Viram meus irmãos o manancial que há lá fora? Deve vir de lá a umidade que sentimos aqui. Se pensarmos um pouco, perceberemos que a água não pode filtrar-se através da pedra, mas sim de um terreno arenoso. O chão é de areia, e se escavarmos debaixo da pedra, poderemos fazer um túnel para sairmos daqui.

— Muito bem pensado! — aprovou com entusiasmo Emery. — Cavemos um túnel para sairmos fora desta tumba!

— Nada perderemos se tentarmos — respondi por minha vez.

Começamos nosso escavação junto à abertura, utilizando nossas facas e mãos como únicas ferramentas. Avançávamos numa lentidão desesperadora. É certo que o tempo nunca parece passar rapidamente quando se está numa situação aflitiva, ainda mais que o nosso túnel poderia desabar a qualquer momento, tendo Emery a brilhante idéia de usarmos nossos rifles como escora.

Uma hora depois, nosso túnel já tinha uns dois metros de profundidade por três de largura. Sabíamos que corríamos o risco de morrermos sepultados, uma morte horrível certamente; mas continuamos com nosso plano, já que sabíamos ser a única escapatória possível.

Perdemos a noção do tempo, trabalhando com febril rapidez e quase sem respirarmos, já que o ar começava a rarear naquele túnel úmido e frio, que corria o risco de desabar a qualquer momento. Mas não podíamos parar.

Havíamos chegado à seguinte conclusão: aqueles beduínos saíram ao nosso encontro, fingindo serem da tribo dos Meedseheris, quando na verdade deviam ser autênticos Uled Azar. Haviam-nos capturado por indicação dos Melton e agora dispunham-se a nos utilizar para não terem que pagar o tributo que o coronel Kruger Bey e os Uled Ayor pediam para resgatar o seu chefe e os outros treze prisioneiros. Este era o motivo pelo qual não nos tinham matado.

Mas estávamos dispostos a desbaratar estes planos. Ou saíamos dali por nosso próprio esforço... ou morreríamos tentando!

E estávamos quase conseguindo sair, pois já cavávamos para o alto, calculando já termos passado por sob a rocha, quando recebi um forte golpe na cabeça e no ombro direito, sentindo uma força desconhecida me empurrando com violência, apertando meu peito contra a areia compacta. Quase não podia respirar naquela completa escuridão, e com dificuldade mexi com a mão, procurando por meus companheiros. Tropecei com algo duro, e compreendi angustiado que o caminho estava fechado. O túnel havia desabado sobre mim, e eu não podia seguir à frente nem voltar.

O desalento apoderou-se de mim, e meus lábios, cheios de areia úmida e fria, moveram-se naquela horrível tumba para murmurar minha última oração.

Estava certo de que ia morrer!

## Capítulo II

Era inútil esperar ajuda de meus companheiros que, assim como eu, também deviam estar sepultados. Este pensamento encheu-me de horror. Mas pensei que, se reunisse minhas últimas forças, poderia continuar escavando e conseguir salvar-me, tentando ajudar então os meus amigos.

Necessitava ar!... Ar! Ar!

Com um supremo esforço, resultado do mais puro desespero, comecei a escavar novamente com ambas as mãos. Nem sequer reparava que a areia que tirava caía sobre mim, pois minha mente havia fixado-se num só pensamento:

Continue! Continue! Para cima!

Até que, por fim, uma rajada de ar frio penetrou em meus pulmões, como uma benção e um raio de esperança. Havia conseguido, e respirei profundamente com indizível deleite, como se o ar fosse a mais saborosa das delícias.

Havia saído para a superfície, deixando para trás aquele terrível túnel. Só então compreendi o perigo que havia corrido, muito maior do que sequer houvéramos imaginado. Isto me fez lembrar dos meus companheiros, e como um louco voltei a enfiar-me pelo túnel, tentando alcançá-los. Calculei que algum deslizamento de areia nos havia deixado sem contato, mas se me esforçasse, conseguiria salvá-los, deixando o ar chegar até eles.

Não usei a faca para escavar, pensando que eles poderiam estar também cavando do outro lado, tentando escapar. Não queria feri-los e, dentro em pouco, para minha alegria, toquei em um deles.

Por um momento tive a sensação de estarmos no centro da terra. Mas o mais importante era que estávamos novamente juntos, e eles , ali, sãos e salvos, podendo sair também para o exterior pelo caminho que eu havia aberto.

Minutos depois, sujos de areia úmida, mas loucos de alegria e alívio, abraçávamo-nos como crianças, saltando e dançando, esquecendo de todo o resto menos de que respirávamos, estávamos vivos e o perigo maior havia ficado para trás.

— Mão-de-Ferro! — exclamou muito emocionado Winnetou. — Sabia que podíamos contar com você!

Emery não pôde evitar uma lágrima, que escorreu por sua cara imunda de areia, barro e suor. Afortunadamente, era ainda noite, e os beduínos, certos de que a pedra que obstruía a passagem não podia ser removida, nem haviam se preocupado em deixar ao menos uma sentinela.

Pusemo-nos a limpar nossas armas e a tentar tirar o excesso de areia das nossas roupas, para então, precavidamente, começar a inspecionar o vale que se estendia diante de nós.

Não conseguimos ver em todo o acampamento, nem um vigia, e aproximamo-nos das tendas onde estavam dormindo, vendo então que os camelos estavam à esquerda e, um pouco mais separados, os três soberbos cavalos que havíamos admirado no dia anterior.

— Cavalos ou camelos? — perguntou Emery.

— Cavalos — disse Winnetou, a quem a primeira experiência em cavalgar o deserto africano em um camelo não havia agradado nem um pouco.

Eu também assim o preferia e, meia-hora depois, tendo encilhado os cavalos com o mínimo de ruído possível, já estávamos montados quando um beduíno, saindo da tenda, levantou os braços e gritou, olhando para o oriente:

— Alá il Alá! Levantem-se, crentes! Já é hora da reza matinal! A luz do dia começa a iluminar o oriente!

Os beduínos, ainda entorpecidos pelo sono, mal tiveram tempo de perceber três malucos, passando velozmente em rapidíssimos cavalos. Quem nunca montou animais da mais pura raça árabe, não pode ter nem uma idéia remota da rapidez com que estes cavalos podem devorar as distâncias.

Eu só sei que as famosas ruínas de El Khina passaram voando à nossa direita, e rapidamente deixávamos para trás todos os perigos que nos representavam os beduínos Uled Azar. Resolvemos então poupar um pouco nossos cavalos, já que estávamos calculando ser necessário percorrer ainda uma enorme distância.

Estávamos convencidos de que havíamos pego os três melhores cavalos dos beduínos porque, se assim não fosse, nossos perseguidores teriam conseguido nos alcançar. Não havia dúvida que nos perseguiam, pois agora, mais do que negociar com Kruger Bey, eles deveriam querer retomar aqueles animais preciosos que lhes havíamos roubado.

Ao cair da tarde, deixamos para trás a planície desértica, alcançando a montanha de Ussalta, onde havia água em abundância e também pasto para nossos cavalos. Nós é que nada tínhamos para comer; mas nos alimentava a esperança de voltarmos a ser livres e de poder, com um pouco de sorte, capturar aos Melton, que certamente haviam se encaminhado para o porto de Hammamet, que era o mais próximo daquela região, para conseguirem sair do país.

Dormimos famintos aquele noite, e com os estômagos vazios, no dia seguinte, ao passarmos pelas ruínas de Nabhamah, tropeçamos com amistosos beduínos da tribo dos Ussalah, que nos ofereceram comida, em troca das moedas que eu e Emery demos a eles. Isto nos permitiu chegarmos ao final de nossa rota e, sem perder tempo, fomos visitar o capitão do porto de Hammamet, que me informou haver quatro ou cinco dias que nenhum barco partia dali, com exceção de um pequeno barco pesqueiro.

— E a quem pertencia este barco, capitão?

— Ao judeu Musah Babuam, de Túnis, senhor.

Lembrei-me que aquele judeu era um dos amigos que o falso capitão Halaf Ben Vrih, ou Thomas Melton, tinha em Túnis, e perguntei:

— Sabe se este pesqueiro levava passageiros?

— Somente dois passageiros.

— Quem eram, por favor?

— A julgar por seu uniforme, um *kolarasi* do paxá que queria ir para Túnis por mar, e um jovem que creio proceder da distante América.

Eram eles! Os dois canalhas que procurávamos!

— Diga-nos, mais ou menos, quando este barco saiu — insisti.

— Esta manhã, bem cedinho. Os passageiros chegaram aqui pouco antes de zarparem, vendendo seus camelos e entrando logo no pesqueiro.

— Ele irá parar em algum porto antes de chegar a Túnis?

— Não o acredito, porque seu carregamento era todo dirigido para aquela cidade.

— Quanto tempo demorará a chegar lá?

— Se continuar este vento, não mais que três dias.

Gostei destas informações, pois calculei que com os magníficos cavalos que montávamos, alcançaríamos Túnis em dois dias.

— O senhor foi muito amável, capitão. Muito obrigado por suas informações — despedi-me dele.

Naquela noite mesmo saímos de Hammamet, depois de termos comprado provisões e descansado umas horas numa chácara de oliveiras perto do povoado. Não nos interessava chamar a atenção porque, naquela época, haviam muitos beduínos naquele país que viviam de roubar estrangeiros que pudessem ter algo de valor.

Poupo o leitor dos pequenos incidentes da viagem, dizendo que exatamente em dois dias chegamos em

Túnis, e fomos esperar a chegada do pesqueiro, onde supúnhamos estarem os Melton, na maior ansiedade. Antes fui ao palácio do coronel Kruger Bey para saudá-lo, contar-lhe nossas aventuras e entregar-lhe os três soberbos cavalos.

Infelizmente, não tivemos que esperar um dia a chegada do pesqueiro que aguardávamos, e sim três. Aquele atraso devia-se ao vento, que não havia sido nem um pouco favorável, e quando a embarcação entrou no porto de La Goleta, foi com grande surpresa para nós que não vimos nem um passageiro sequer desembarcar. Não queríamos ir tomar informações do capitão do pesqueiro, temendo que este, instruído pelos Melton, nos contasse alguma mentira. Foi então que um menino saiu do barquinho, chorando e queixando-se, depois de levar uma bronca do seu capitão. Vimos o pequeno marinheiro mostrar os punhos ameaçadoramente para o barquinho, e aquilo me fez segui-lo até a cidade.

Para fazer-me simpático, perguntei-lhe o motivo de sua aflição e ele me disse que o capitão do pesqueiro nunca estava satisfeito com seu trabalho, tendo-o despedido, e ainda por cima dando-lhe como paga apenas uns bons tapas. Eu o socorri generosamente e só então, perguntei sutilmente:

— O que houve com os passageiros que iriam descer em Túnis?

— Disseram que iam vir para Túnis, mas pagaram ao capitão para que os levasse à ilha Bantelaria, que fica entre Túnis e a Sicília. Eles desembarcaram ali, e no mesmo dia compraram roupas européias. O capitão me disse que eles embarcariam num grande navio, para irem para bem longe.

Aquilo justificava o atraso do pesqueiro, e praticamente jogava por terra nossos esforços. Certamente os Melton embarcariam para a América, estando Jonathan

Melton disposto a fazer-se passar pelo rico herdeiro assassinado, requerendo a herança que agora pertencia, legitimamente e sem discussões, a Franz e Maria Vogel.

Winnetou e Emery também ficaram desiludidos, mas combinamos de tomar o navio que partia no dia seguinte para o porto de Marselha. Tivemos que fazer algumas compras e enquanto meus dois amigos encarregavam-se desta parte, fiquei no quarto do hotel, botando ordem em minhas anotações.

Antes que o navio zarpasse, e como nos sobrasse tempo, voltei ao palácio do chefe da guarda do senhor, tanto para despedir-me, como para que me contasse como haviam terminado as negociações com os beduínos das tribos rivais.

Amavelmente ele dispôs-se a fazê-lo, mas antes quis saber:

— Como conseguiram colocar as mãos nestas jóias de cavalos? São realmente soberbos! Dignos de serem montados por um califa ou mesmo o soberano de Túnis!

Em poucas palavras contei-lhe tudo o que havia acontecido e ele, por sua vez, também contou-me como tinha sido o término da negociação entre as duas tribos. Eles tiveram que demonstrar sua força, baseada na aliança dos soldados do coronel Kruger Bey e os Uled Ayor. Esta união de efetivos permitiu-lhes pressionar os Uled Azar a pagarem o resgate pelo seu chefe e os treze prisioneiros, estabelecendo-se assim as condições necessárias para que os Uled Ayor também pagassem as contribuições que deviam ao paxá.

Kruger Bey também manifestou seu desgosto e decepção por não havermos conseguido capturar os dois canalhas que buscávamos:

— Não pense que sua viagem ao nosso país resultou inútil, meu amigo. Sua intervenção oportuna e a de seus amigos resultou decisiva para a solução dos problemas que o paxá enfrentava com a rebeldia dessas duas tribos e, com toda a sinceridade, creio que os três são plenamente merecedores dos agradecimentos do soberano de Túnis.

— Só uma coisa nos interessa, coronel Kruger; que o paxá nos dê os documentos necessários para que, perante o Consulado dos Estados Unidos, possamos comprovar a morte do verdadeiro Small Hunter. Desta forma, se os Melton conseguirem chegar a Nova Orleans antes que nós, e tentarem cobrar, através do engano e da maldade, a herança que não lhes pertence, as autoridades americanas poderão deter estes canalhas.

— Pode ter certeza que hoje mesmo terá estes documentos. Eu contarei tudo pessoalmente a Mohammed Sadok.

No outro dia cumpriu sua palavra e ele mesmo subiu ao navio que nos levava a Marselha, entregando-nos os documentos que custariam a vida dos Melton, assim que os dois criminosos fossem presos. Em nosso camarote, o velho coronel Kruger Bey apertou-nos a mão, dizendo a Winnetou:

— Rogo-lhe que não faça comparações entre as férteis pradarias americanas e os nossos desertos, pois neste caso nosso país sairia perdedor. Mas eu amo esta terra e muito me orgulha que este grande chefe apache, junto a mim e seus amigos, tenha lutado tão valentemente para estabelecer aqui também a paz e a justiça.

Também abraçou Emery Bothwell, e quanto a mim, depois de abraçar-me calorosamente, simplesmente desejou-me, à título de despedida:

— Sorte, Mão-de-Ferro! Desejo-lhe isto do fundo do meu coração, mesmo sabendo que cedo ou tarde conseguirá capturar estes dois canalhas!

Uma hora depois o barco levantava âncora e começávamos nossa viagem.

Nossa perseguição continuava; Thomas Melton havia conseguido escapar mais uma vez. Mas agora, tanto ele como seu filho já estavam condenados. Só tínhamos que segui-los e prendê-los.

E enquanto nos afastávamos daquele país, vinham à minha memória as palavras do coronel Kruger Bey. Satisfeito, disse para mim mesmo que nossa aventura no deserto africano realmente não havia resultado de todo inútil.

A África ia ficando para trás, até misturar-se com a linha do mar.

Mas íamos na direção de um país não menos querido!

A América!

Ali receberiam os Melton o castigo que se faziam merecedores.